Heinrich Heine
Memoiren und Geständnisse

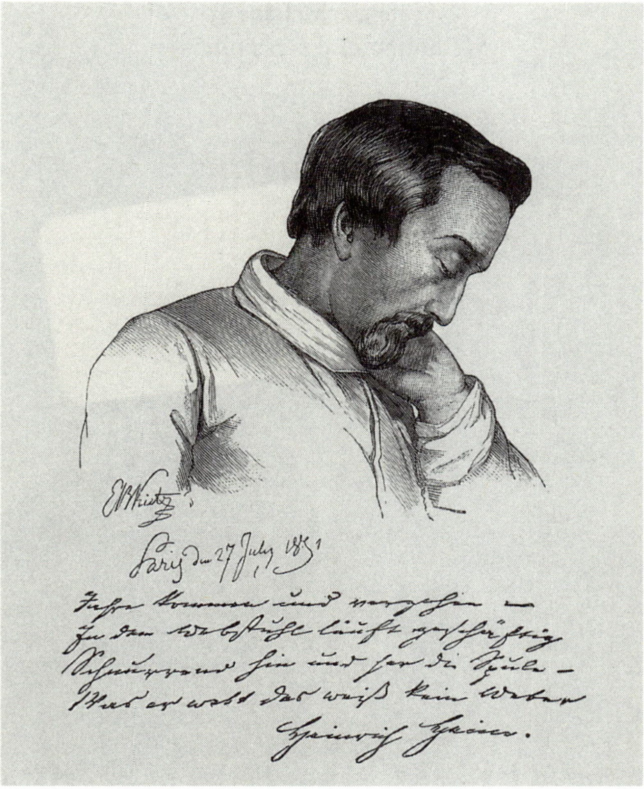

Heinrich Heine. Lithographie von Adolf Hornemann im Auftrag von Julius Campe. Hamburg 1851. Nach einer Zeichnung von Ernst Benedikt Kietz vom 27. Juli 1851 mit faksimilierter Unterschrift Heines und einer Strophe aus »Jehuda ben Halevy« (»Romanzero«, 3. Buch).
Foto: Heinrich-Heine-Institut, Düsseldorf

Heinrich Heine

Memoiren und Geständnisse

Mit einem Nachwort
von Walter Zimorski
und Anmerkungen
von Bernd Kortländer

Artemis & Winkler

Der Abdruck der Texte erfolgt nach Band 10 der Ausgabe *Heines Werke in zehn Bänden,* herausgegeben von Oskar Walzel (Leipzig 1915), unter Hinzuziehung der Historisch-Kritischen Heine-Werkausgabe, Bd. 15.

Die Deutsche Bibliothek – CIP-Einheitsaufnahme
Heine, Heinrich:
Memoiren und Geständnisse : [nach Band 10 der Ausgabe Heines Werke in zehn Bänden (Leipzig 1915) unter Hinzuziehung der Historisch-kritischen Heine-Werkausgabe] / Heinrich Heine. Mit einem Nachw. von Walter Zimorski und Anm. von Bernd Kortländer. – Sonderausg. – Düsseldorf ; Zürich : Artemis und Winkler, 1997
ISBN 3-538-06644-2
NE: Heine, Heinrich : [Sammlung]

Satz: Fotosatz Moers, Mönchengladbach
Druck und Bindung: Pustet, Regensburg
Printed in Germany
ISBN 3-538-06644-2

Memoiren

Ich habe in der Tat, teure Dame, die Denkwürdigkeiten meiner Zeit, insofern meine eigene Person damit als Zuschauer oder als Opfer in Berührung kam, so wahrhaft und getreu als möglich aufzuzeichnen gesucht. Diese Aufzeichnungen, denen ich selbstgefällig den Titel »Memoiren« verlieh, habe ich jedoch schier zur Hälfte wieder vernichten müssen, teils aus leidigen Familienrücksichten, teils auch wegen religiöser Skrupeln.

Ich habe mich seitdem bemüht, die entstandenen Lakunen notdürftig zu füllen, doch ich fürchte, posthume Pflichten oder ein selbstquälerischer Überdruß zwingen mich, meine Memoiren vor meinem Tode einem neuen Autodafee zu überliefern, und was alsdann die Flammen verschonen, wird vielleicht niemals das Tageslicht der Öffentlichkeit erblicken.

Ich nehme mich wohl in acht, die Freunde zu nennen, die ich mit der Hut meines Manuskriptes und der Vollstreckung meines letzten Willens in Bezug auf dasselbe betraue; ich will sie nicht nach meinem Ableben der Zudringlichkeit eines müßigen Publikums und dadurch einer Untreue an ihrem Mandat bloßstellen.

Eine solche Untreue habe ich nie entschuldigen können; es ist eine unerlaubte und unsittliche Handlung, auch nur eine Zeile von einem Schriftsteller zu veröffentlichen, die er nicht selber für das große Publikum bestimmt hat. Dieses gilt ganz besonders von Briefen, die an Privatpersonen gerichtet sind. Wer sie drucken läßt oder verlegt, macht sich einer Felonie schuldig, die Verachtung verdient. Nach diesen Bekenntnissen, teure Dame, werden Sie leicht zur Einsicht gelangen, daß ich Ihnen nicht, wie Sie wünschen, die Lektüre meiner Memoiren und Briefschaften gewähren kann.

Jedoch, ein Höfling Ihrer Liebenswürdigkeit, wie ich es immer war, kann ich Ihnen kein Begehr unbedingt verweigern, und um meinen guten Willen zu bekunden, will ich in anderer Weise die holde Neugier stillen, die aus einer liebenden Teilnahme an meinen Schicksalen hervorgeht:

Ich habe die folgenden Blätter in dieser Absicht niedergeschrieben, und die biographischen Notizen, die für Sie ein Interesse haben, finden Sie hier in reichlicher Fülle. Alles Bedeutsame und Charakteristische ist hier treuherzig mitgeteilt, und die Wechselwirkung äußerer Begebenheiten und innerer Seelenereignisse offenbart Ihnen die Signatura meines Seins und Wesens. Die Hülle fällt ab von der Seele, und du kannst sie betrachten in ihrer schönen Nacktheit. Da sind keine Flecken, nur Wunden. Ach! und nur Wunden, welche die Hand der Freunde, nicht die der Feinde geschlagen hat!

Die Nacht ist stumm. Nur draußen klatscht der Regen auf die Dächer und ächzet wehmütig der Herbstwind.

Das arme Krankenzimmer ist in diesem Augenblick fast wohllustig heimlich, und ich sitze schmerzlos im großen Sessel.

Da tritt dein holdes Bild herein, ohne daß sich die Türklinke bewegt, und du lagerst dich auf das Kissen zu meinen Füßen. Lege dein schönes Haupt auf meine Kniee und horche, ohne aufzublicken.

Ich will dir das Märchen meines Lebens erzählen.

Wenn manchmal dicke Tropfen auf dein Lockenhaupt fallen, so bleibe dennoch ruhig, es ist nicht der Regen, welcher durch das Dach sickert. Weine nicht und drücke mir nur schweigend die Hand.

*

Welch ein erhabenes Gefühl muß einen solchen Kirchenfürsten beseelen, wenn er hinabblickt auf den wimmelnden Marktplatz, wo Tausende entblößten Hauptes mit Andacht vor ihm niederknieend seinen Segen erwarten!

In der italienischen Reisebeschreibung des Hofrats Moritz las ich einst eine Beschreibung jener Szene, wo ein Umstand vorkam, der mir ebenfalls jetzt in den Sinn kommt.

Unter dem Landvolk, erzählt Moritz, das er dort auf den Knieen liegen sah, erregte seine besondere Aufmerksamkeit einer jener wandernden Rosenkranzhändler des Gebirges, die aus einer braunen Holzgattung die schönsten Rosenkränze schnitzen und sie in der ganzen Romagna um so teurer verkaufen, da sie denselben an obenerwähntem Feiertage vom Papste selbst die Weihe zu verschaffen wissen.

Mit der größten Andacht lag der Mann auf den Knieen, doch den breitkrämpigen Filzhut, worin seine Ware, die Rosenkränze, befindlich, hielt er in die Höhe, und während der Papst mit ausgestreckten Händen den Segen sprach, rüttelte jener seinen Hut und rührte darin herum, wie Kastanienverkäufer zu tun pflegen, wenn sie ihre Kastanien auf dem Rost braten; gewissenhaft schien er dafür zu sorgen, daß die Rosenkränze, die unten im Hut lagen, auch etwas von dem päpstlichen Segen abbekämen und alle gleichmäßig geweiht würden.

Ich konnte nicht umhin, diesen rührenden Zug von frommer Naivität hier einzuflechten, und ergreife wieder den Faden meiner Geständnisse, die alle auf den geistigen Prozeß Bezug haben, den ich später durchmachen mußte.

Aus den frühesten Anfängen erklären sich die spätesten Erscheinungen. Es ist gewiß bedeutsam, daß mir bereits in meinem dreizehnten Lebensjahr alle Systeme der freien Denker vorgetragen wurden, und zwar durch einen ehrwürdigen Geistlichen, der seine sazerdotalen Amtspflichten nicht im geringsten vernachlässigte, so daß ich hier frühe sah, wie ohne Heuchelei Religion und Zweifel ruhig neben einander gingen, woraus nicht bloß in mir der Unglauben, sondern auch die toleranteste Gleichgültigkeit entstand.

Düsseldorf in der ersten Hälfte des 19. Jahrhunderts.
Stich von J. M. Kolb nach einer Zeichnung von L. Rohbock.
Foto: Heinrich-Heine-Institut, Düsseldorf

Ort und Zeit sind auch wichtige Momente: ich bin geboren zu Ende des skeptischen achtzehnten Jahrhunderts und in einer Stadt, wo zur Zeit meiner Kindheit nicht bloß die Franzosen, sondern auch der französische Geist herrschte.

Die Franzosen, die ich kennen lernte, machten mich, ich muß es gestehen, mit Büchern bekannt, die sehr unsauber und mir ein Vorurteil gegen die ganze französische Literatur einflößten.

Ich habe sie auch später nie so sehr geliebt, wie sie es verdient, und am ungerechtesten blieb ich gegen die französische Poesie, die mir von Jugend an fatal war.

Daran ist wohl zunächst der vermaledeite Abbé Daulnoi Schuld, der im Lyzeum zu Düsseldorf die französische Sprache dozierte und mich durchaus zwingen wollte, französische Verse zu machen. Wenig fehlte, und er hätte mir nicht bloß die französische, sondern die Poesie überhaupt verleidet.

Der Abbé Daulnoi, ein emigrierter Priester, war ein ältliches Männchen mit den beweglichsten Gesichtsmuskeln und mit einer braunen Perücke, die, so oft er in Zorn geriet, eine sehr schiefe Stellung annahm.

Er hatte mehrere französische Grammatiken sowie auch Chrestomatien, worin Auszüge deutscher und französischer Klassiker, zum Übersetzen für seine verschiedenen Klassen geschrieben; für die oberste veröffentlichte er auch eine »Art oratoire« und eine »Art poétique«, zwei Büchlein, wovon das erstere Beredsamkeitsrezepte aus *Quintilian* enthielt, angewendet auf Beispiele von Predigten *Fléchiers, Massillions, Bourdaloues* und *Bossuets,* welche mich nicht allzusehr langweilten. –

Aber gar das andre Buch, das die Definitionen von der Poesie: *l'art de peindre par les images,* den faden Abhub der alten Schule von *Batteux,* auch die französische Prosodie und überhaupt die ganze Metrik der Franzosen enthielt, welch ein schrecklicher Alp!

Ich kenne auch jetzt nichts abgeschmackteres als das

metrische System der französischen Poesie, dieser *art de peindre par les images,* wie die Franzosen dieselbe definieren, welcher verkehrte Begriff vielleicht dazu beiträgt, daß sie immer in die malerische Paraphrase geraten.

Ihre Metrik hat gewiß Prokrustus erfunden, sie ist eine wahre Zwangsjacke für Gedanken, die bei ihrer Zahmheit gewiß nicht einer solchen bedürfen. Daß die Schönheit eines Gedichtes in der Überwindung der metrischen Schwierigkeiten bestehe, ist ein lächerlicher Grundsatz, derselben närrischen Quelle entsprungen. Der französische Hexameter, dieses gereimte Rülpsen, ist mir wahrhaft ein Abscheu. Die Franzosen haben diese widrige Unnatur, die weit sündhafter als die Greuel von Sodom und Gamorrha, immer selbst gefühlt, und ihre guten Schauspieler sind darauf angewiesen, die Verse so sakkadiert zu sprechen, als wären sie Prosa – warum aber alsdann die überflüssige Mühe der Versifikation?

So denk ich jetzt, und so fühlt ich schon als Knabe, und man kann sich leicht vorstellen, daß es zwischen mir und der alten braunen Perücke zu offnen Feindseligkeiten kommen mußte, als ich ihm erklärte, wie es mir rein unmöglich sei, französische Verse zu machen. Er sprach mir allen Sinn für Poesie ab und nannte mich einen Barbaren des Teutoburger Waldes.

Ich denke noch mit Entsetzen daran, daß ich aus der Chrestomatie des Professors die Anrede des Kaiphas an den Sanhedrin aus den Hexametern der Klopstockschen »Messiade« in französische Alexandriner übersetzen sollte! Es war ein Raffinement von Grausamkeit, die alle Passionsqualen des Messias selbst übersteigt, und die selbst dieser nicht ruhig erduldet hätte. Gott verzeih, ich verwünschte Gott und die Welt und die fremden Unterdrücker, die uns ihre Metrik aufbürden wollten, und ich war nahe dran, ein Franzosenfresser zu werden. Ich hätte für Frankreich sterben können, aber französische Verse machen – nimmermehr!

Durch den Rektor und meine Mutter wurde der Zwist beigelegt. Letztere war überhaupt nicht damit zufrieden, daß ich Verse machen lernte, und seien es auch nur französische. Sie hatte nämlich damals die größte Angst, daß ich ein Dichter werden möchte, das wäre das Schlimmste, sagte sie immer, was mir passieren könne.

Die Begriffe, die man damals mit dem Namen Dichter verknüpfte, waren nämlich nicht sehr ehrenhaft, und ein Poet war ein zerlumpter, armer Teufel, der für ein paar Taler ein Gelegenheitsgedicht verfertigt und am Ende im Hospital stirbt.

Meine Mutter aber hatte große, hochfliegende Dinge mit mir im Sinn, und alle Erziehungspläne zielten darauf hin. Sie spielte die Hauptrolle in meiner Entwicklungsgeschichte. Sie machte die Programme aller meiner Studien, und schon vor meiner Geburt begannen ihre Erziehungsversuche. Ich folgte gehorsam ihren ausgesprochenen Wünschen, jedoch gestehe ich, daß sie Schuld war an der Unfruchtbarkeit meiner meisten Versuche und Bestrebungen in bürgerlichen Stellen, da dieselben niemals meinem Naturell entsprachen. Letzteres, weit mehr als die Weltbegebenheiten, bestimmte meine Zukunft.

In uns selbst liegen die Sterne unseres Glücks.

Zuerst war es die Pracht des Kaiserreichs, die meine Mutter blendete, und da die Tochter eines Eisenfabrikanten unserer Gegend, die mit meiner Mutter sehr befreundet war, eine Herzogin geworden und ihr gemeldet hatte, daß ihr Mann sehr viele Schlachten gewonnen und bald auch zum König avancieren würde, – ach da träumte meine Mutter für mich die goldensten Epauletten oder die brodiertesten Ehrenchargen am Hofe des Kaisers, dessen Dienst sie mich ganz zu widmen beabsichtigte. –

Deshalb mußte ich jetzt vorzugsweise diejenigen Studien betreiben, die einer solchen Laufbahn förderlich, und obgleich im Lyzeum schon hinlänglich für mathematische Wissenschaften gesorgt war und ich bei dem liebenswürdigen Professor Brewer vollauf mit Geometrie, Statik, Hydrostatik, Hydraulik und so weiter gefüttert ward und in Logarithmen und Algebra schwamm, so mußte ich doch noch Privatunterricht in dergleichen Disziplinen nehmen, die mich in Stand setzen sollten, ein großer Strategiker oder nötigenfalls der Administrator von eroberten Provinzen zu werden.

Mit dem Fall des Kaiserreichs mußte auch meine Mutter der prachtvollen Laufbahn, die sie für mich geträumt, entsagen, die dahin zielenden Studien nahmen ein Ende, und sonderbar! sie ließen auch keine Spur in meinem Geiste zurück, so sehr waren sie demselben fremd. Es war nur eine mechanische Errungenschaft, die ich von mir warf als unnützen Plunder.

Meine Mutter begann jetzt in anderer Richtung eine glänzende Zukunft für mich zu träumen.

Das Rothschildsche Haus, mit dessen Chef mein Vater vertraut war, hatte zu jener Zeit seinen schier fabelhaften Flor bereits begonnen; auch andere Fürsten der Bank und der Industrie hatten in unserer Nähe sich erhoben, und meine Mutter behauptete, es habe jetzt die Stunde geschlagen, wo ein bedeutender Kopf im merkantilischen Fache das Ungeheurste erreichen und sich zum höchsten

Heines Mutter Betty (geb. van Geldern; 1771–1859).
Porträt von Isidor Popper (Hamburg, ca. 1840).
Foto: Heinrich-Heine-Institut, Düsseldorf

Gipfel der weltlichen Macht emporschwingen könne. Sie beschloß daher jetzt, daß ich eine Geldmacht werden sollte, und jetzt mußte ich fremde Sprachen, besonders Englisch, Geographie, Buchhalten, kurz alle auf den Land- und Seehandel und Gewerbskunde bezüglichen Wissenschaften studieren.

Um etwas vom Wechselgeschäft und von Kolonialwaren kennen zu lernen, mußte ich später das Comptoir eines Bankiers meines Vaters und die Gewölbe eines großen Spezereihändlers besuchen; erstere Besuche dauerten höchstens drei Wochen, letztere vier Wochen, doch ich lernte bei dieser Gelegenheit, wie man einen Wechsel ausstellt, und wie Muskatnüsse aussehen.

Ein berühmter Kaufmann, bei welchem ich ein *apprenti millionaire* werden wollte, meinte, ich hätte kein Talent zum Erwerb, und lachend gestand ich ihm, daß er wohl Recht haben mochte.

Da bald darauf eine große Handelskrisis entstand und wie viele unserer Freunde auch mein Vater sein Vermögen verlor, und ich auf keine Geldfonds rechnen konnte, da platzte die merkantilische Seifenblase noch schneller und kläglicher als die imperiale, und meine Mutter mußte nun wohl eine andere Laufbahn für mich träumen.

Sie meinte jetzt, ich müsse durchaus Jurisprudenz studieren. Sie hatte nämlich bemerkt, wie längst in England, aber auch in Frankreich und im konstitutionellen Deutschland der Juristenstand allmächtig sei und besonders die Advokaten durch die Gewohnheit des öffentlichen Vortrags die schwatzenden Hauptrollen spielen und dadurch zu den höchsten Staatsämtern gelangten. Meine Mutter hatte ganz richtig beobachtet.

Da eben die neue Universität Bonn errichtet worden, wo die juristische Fakultät von den berühmtesten Professoren besetzt war, schickte mich meine Mutter unverzüglich nach Bonn, wo ich bald zu den Füßen Mackeldeys und Welkers saß und die Manna ihres Wissens einschlürfte.

Von den sieben Jahren, die ich auf deutschen Universitäten zubrachte, vergeudete ich drei schöne blühende Lebensjahre durch das Studium der römischen Kasuistik, der Jurisprudenz, dieser illiberalsten Wissenschaft.

Welch ein fürchterliches Buch ist das Corpus Juris, die Bibel des Egoismus.

Wie die Römer selbst blieb mir immer verhaßt ihr Rechtskodex. Diese Räuber wollten ihren Raub sicherstellen, und was sie mit dem Schwerte erbeutet, suchten sie durch Gesetze zu schützen; deshalb war der Römer zu gleicher Zeit Soldat und Advokat und es entstand eine Mischung der widerwärtigsten Art.

Wahrhaftig jenen römischen Dieben verdanken wir die Theorie des Eigentums, das vorher nur als Tatsache bestand, und die Ausbildung dieser Lehre in ihren schnödesten Konsequenzen ist jenes gepriesene römische Recht, das allen unseren heutigen Legislationen, ja allen modernen Staatsinstituten zu Grunde liegt, obgleich es im grellsten Widerspruch mit der Religion, der Moral, dem Menschengefühl und der Vernunft steht.

Ich brachte jenes gottverfluchte Studium zu Ende, aber ich konnte mich nimmer entschließen, von solcher Errungenschaft Gebrauch zu machen, und vielleicht auch weil ich fühlte, daß andere mich in der Advokasserie und Rabulisterei leicht überflügeln würden, hing ich meinen juristischen Doktorhut an den Nagel.

Meine Mutter machte eine noch ernstere Miene als gewöhnlich. Aber ich war ein sehr erwachsener Mensch geworden, der in dem Alter stand, wo er der mütterlichen Obhut entbehren muß.

Die gute Frau war ebenfalls älter geworden, und indem sie nach so manchem Fiasko die Oberleitung meines Lebens aufgab, bereute sie, wie wir oben gesehen, daß sie mich nicht dem geistlichen Stande gewidmet.

Sie ist jetzt eine Matrone von siebenundachtzig Jahren, und ihr Geist hat durch das Alter nicht gelitten. Über meine wirkliche Denkart hat sie sich nie eine Herrschaft angemaßt und war für mich immer die Schonung und Liebe selbst.

Ihr Glauben war ein strenger Deismus, der ihrer vorwaltenden Vernunftrichtung ganz angemessen. Sie war eine Schülerin Rousseaus, hatte dessen »Émile« gelesen, säugte selbst ihre Kinder, und Erziehungswesen war ihr Steckenpferd. Sie selbst hatte eine gelehrte Erziehung genossen und war die Studiengefährtin eines Bruders gewesen, der ein ausgezeichneter Arzt ward, aber früh starb. Schon als ganz junges Mädchen mußte sie ihrem Vater die lateinischen Dissertationen und sonstige gelehrte Schriften vorlesen, wobei sie oft den Alten durch ihre Fragen in Erstaunen setzte.

Ihre Vernunft und ihre Empfindung war die Gesundheit selbst, und nicht von ihr erbte ich den Sinn für das Phantastische und die Romantik. Sie hatte, wie ich schon erwähnt, eine Angst vor Poesie, entriß mir jeden Roman, den sie in meinen Händen fand, erlaubte mir keinen Besuch des Schauspiels, versagte mir alle Teilnahme an Volksspielen, überwachte meinen Umgang, schalt die Mägde, welche in meiner Gegenwart Gespenstergeschichten erzählten, kurz, sie tat alles mögliche, um Aberglauben und Poesie von mir zu entfernen.

Sie war sparsam, aber nur in Bezug auf ihre eigene Person; für das Vergnügen andrer konnte sie verschwenderisch sein, und da sie das Geld nicht liebte, sondern nur schätzte, schenkte sie mit leichter Hand und setzte mich oft durch ihre Wohltätigkeit und Freigebigkeit in Erstaunen.

Welche Aufopferung bewies sie dem Sohne, dem sie in schwieriger Zeit nicht bloß das Programm seiner Studien, sondern auch die Mittel dazu lieferte! Als ich die Universität bezog, waren die Geschäfte meines Vaters in sehr traurigem Zustand, und meine Mutter verkaufte ihren Schmuck, Halsband und Ohrringe von großem Werte, um mir das Auskommen für die vier ersten Universitätsjahre zu sichern.

Ich war übrigens nicht der erste in unserer Familie, der auf der Universität Edelsteine aufgegessen und Perlen verschluckt hatte. Der Vater meiner Mutter, wie diese mir einst erzählte, erprobte dasselbe Kunststück. Die Juwelen, welche das Gebetbuch seiner verstorbenen Mutter verzierten, mußten die Kosten seines Aufenthalts auf der Universität bestreiten, als sein Vater, der alte Lazarus de Geldern, durch einen Sukzessionsprozeß mit einer verheirateten Schwester in große Armut geraten war, er, der von seinem Vater ein Vermögen geerbt hatte, von dessen Größe mir eine alte Großmuhme so viel Wunderdinge erzählte. –

Das klang dem Knaben immer wie Märchen von »Tausendundeine Nacht«, wenn die Alte von den großen Palästen und den persischen Tapeten und dem massiven Gold- und Silbergeschirr erzählte, die der gute

Christian Dietrich Grabbe (1801-1836). Lithographie von R. Weibezahl nach einer Zeichnung von Wilhelm Pero (1836). Foto: Heinrich-Heine-Institut, Düsseldorf

Mann, der am Hofe des Kurfürsten und der Kurfürstin so viel Ehren genoß, so kläglich einbüßte. Sein Haus in der Stadt war das große Hotel in der Rheinstraße; das jetzige Krankenhaus in der Neustadt gehörte ihm ebenfalls sowie ein Schloß bei Gravenberg, und am Ende hatte er kaum, wo er sein Haupt hinlegen konnte. –

Eine Geschichte, die ein Seitenstück zu der obigen bildet, will ich hier einweben, da sie die verunglimpfte Mutter eines meiner Kollegen in der öffentlichen Meinung rehabilitieren dürfte. Ich las nämlich einmal in der Biographie des armen Dietrich Grabbe, daß das Laster des Trunks, woran derselbe zu Grunde gegangen, ihm durch seine eigene Mutter frühe eingepflanzt worden sei, indem sie dem Knaben, ja dem Kinde Branntewein zu trinken gegeben habe. Diese Anklage, die der Herausgeber der Biographie aus dem Munde feindseliger Verwandter erfahren, scheint grundfalsch, wenn ich mich der Worte erinnere, womit der selige Grabbe mehrmals von seiner Mutter sprach, die ihn oft gegen »dat Suppen« mit den nachdrücklichsten Worten verwarnte.

Sie war eine rohe Dame, die Frau eines Gefängniswärters, und wenn sie ihren jungen Wolf-Dietrich karessierte, mag sie ihn wohl manchmal mit den Tatzen einer Wölfin auch ein bißchen gekratzt haben. Aber sie hatte doch ein echtes Mutterherz und bewährte solches, als ihr Sohn nach Berlin reiste, um dort zu studieren.

Beim Abschied, erzählte mir Grabbe, drückte sie ihm ein Paket in die Hand, worin, weich umwickelt mit Baumwolle, sich ein halb Dutzend silberne Löffel nebst sechs dito kleinen Kaffeelöffeln und ein großer dito Potagelöffel befand, ein stolzer Hausschatz, dessen die Frauen aus dem Volke sich nie ohne Herzbluten entäußern, da sie gleichsam eine silberne Dekoration sind, wodurch sie sich von dem gewöhnlichen zinnernen Pöbel zu unterscheiden glauben. Als ich Grabbe kennen lernte, hatte er bereits den Potagelöffel, den Goliath, wie er ihn nannte, aufgezehrt. Befragte ich ihn manchmal, wie es ihm gehe, antwortete er mit bewölkter Stirn lakonisch: ich bin an meinem dritten Löffel, oder ich bin an meinem vierten Löffel. Die großen gehen dahin, seufzte er einst, und es wird sehr schmale Bissen geben, wenn die kleinen, die Kaffeelöffelchen, an die Reihe kommen, und wenn diese dahin sind, gibts gar keine Bissen mehr.

Leider hatte er Recht, und je weniger er zu essen hatte, desto mehr legte er sich aufs Trinken und ward ein Trunkenbold. Anfangs Elend und später häuslicher Gram trieben den Unglücklichen, im Rausche Erheiterung oder Vergessenheit zu suchen, und zuletzt mochte er wohl zur Flasche gegriffen haben, wie andere zur Pistole, um dem Jammertum ein Ende zu machen. »Glauben Sie mir«, sagte mir einst ein naiver westfälischer Landsmann Grabbes, »der konnte viel vertragen und wäre nicht gestorben, weil er trank, sondern er trank, weil er sterben wollte; er starb durch Selbsttrunk.«

Obige Ehrenrettung einer Mutter ist gewiß nie am unrechten Platz; ich versäumte bis jetzt, sie zur Sprache zu bringen, da ich sie in einer Charakteristik Grabbes aufzeichnen wollte; diese kam nie zu Stande, und auch in meinem Buche *De l'Allemagne* konnte ich Grabbes nur flüchtig erwähnen.

Obige Notiz ist mehr an den deutschen als an den französischen Leser gerichtet, und für letzteren will ich hier nur bemerken, daß besagter Dietrich Grabbe einer der größten deutschen Dichter war und von allen unseren dramatischen Dichtern wohl als derjenige genannt werden darf, der die meiste Verwandtschaft mit Shakespeare hat. Er mag weniger Saiten auf seiner Leier haben als andre, die dadurch ihn vielleicht überragen, aber die Saiten, die er besitzt, haben einen Klang, der nur bei dem großen Briten gefunden wird. Er hat dieselben Plötzlichkeiten, dieselben Naturlaute, womit uns Shakespeare erschreckt, erschüttert, entzückt.

Aber alle seine Vorzüge sind verdunkelt durch eine Geschmacklosigkeit, einen Zynismus und eine Ausgelassenheit, die das Tollste und Abscheulichste überbieten, das je ein Gehirn zu Tage gefördert. Es ist aber nicht Krankheit, etwa Fieber oder Blödsinn, was dergleichen hervorbrachte, sondern eine geistige Intoxikation des Genies. Wie Plato den Diogenes sehr treffend einen wahnsinnigen Sokrates nannte, so könnte man unseren Grabbe leider mit doppeltem Rechte einen betrunkenen Shakespeare nennen.

In seinen gedruckten Dramen sind jene Monstruositäten sehr gemildert, sie befanden sich aber grauenhaft grell in dem Manuskript seines »Gothland«, einer Tragödie, die er einst, als er mir noch ganz unbekannt war, überreichte oder vielmehr vor die Füße schmiß mit den Worten: »Ich wollte wissen, was an mir sei, und da habe ich dieses Manuskript dem Professor Gubitz gebracht, der darüber den Kopf geschüttelt und, um meiner los zu werden, mich an Sie verwies, der eben so tolle Grillen im Kopfe trüge wie ich und mich daher weit besser verstünde, – hier ist nun der Bulk!«

Nach diesen Worten, ohne Antwort zu erwarten, troddelte der närrische Kauz wieder fort, und da ich eben zu Frau von Varnhagen ging, nahm ich das Manuskript mit, um ihr die Primeur eines Dichters zu verschaffen; denn ich hatte an den wenigen Stellen, die ich las, schon gemerkt, daß hier ein Dichter war.

Wir erkennen das poetische Wild schon am Geruch. Aber der Geruch war diesmal zu stark für weibliche Nerven, und spät, schon gegen Mitternacht, ließ mich Frau von Varnhagen rufen und beschwor mich um Gotteswillen, das entsetzliche Manuskript wieder zurückzunehmen, da sie nicht schlafen könne, solange sich dasselbe noch im Hause befände. Einen solchen Eindruck machten Grabbes Produktionen in ihrer ursprünglichen Gestalt. –

Obige Abschweifung mag ihr Gegenstand selbst rechtfertigen.

Die Ehrenrettung einer Mutter ist überall an ihrem Platze, und der fühlende Leser wird die oben mitgeteilten Äußerungen Grabbes über die arme verunglimpfte Frau, die ihn zur Welt gebracht, nicht aber als eine müßige Abschweifung betrachten.

Jetzt aber, nachdem ich mich einer Pflicht der Pietät gegen einen unglücklichen Dichter entledigt habe, will ich wieder zu meiner eigenen Mutter und ihrer Sippschaft zurückkehren, in weiterer Besprechung des Einflusses, der von dieser Seite auf meine geistige Bildung ausgeübt wurde. Nach meiner Mutter beschäftigte sich mit letzterer ganz besonders ihr Bruder, mein Oheim Simon de Geldern. Er ist tot seit zwanzig Jahren. Er war ein Sonderling von unscheinbarem, ja sogar närrischem Äußeren. Eine kleine, gehäbige Figur, mit einem bläßlichen, strengen Gesichte, dessen Nase zwar griechisch gradlinigt, aber gewiß um ein Drittel länger war, als die Griechen ihre Nasen zu tragen pflegten.

In seiner Jugend, sagte man, sei diese Nase von gewöhnlicher Größe gewesen, und nur durch die üble Gewohnheit, daß er sich beständig daran zupfte, soll sie sich so übergebührlich in die Länge gezogen haben. Fragten wir Kinder den Ohm, ob das wahr sei, so verwies er uns solche respektwidrige Rede mit großem Eifer und zupfte sich dann wieder an der Nase.

Er ging ganz altfränkisch gekleidet, trug kurze Beinkleider, weißseidene Strümpfe, Schnallenschuhe und nach der alten Mode einen ziemlich langen Zopf, der, wenn das kleine Männchen durch die Straßen trippelte, von einer Schulter zur andern flog, allerlei Kapriolen schnitt und sich über seinen eigenen Herrn hinter seinem Rücken zu mokieren schien.

Oft, wenn der gute Onkel in Gedanken vertieft saß oder die Zeitung las, überschlich mich das frevle Gelüste, heimlich sein Zöpfchen zu ergreifen und daran zu ziehen, als wäre es eine Hausklingel, worüber ebenfalls der Ohm sich sehr erboste, indem er jammernd die Hände rang über die junge Brut, die vor nichts mehr Respekt hat, weder durch menschliche noch durch göttliche Autorität mehr in Schranken zu halten und sich endlich an dem Heiligsten vergreifen werde.

War aber das Äußere des Mannes nicht geeignet, Respekt einzuflößen, so war sein Inneres, sein Herz desto respektabler, und es war das bravste und edelmütigste Herz, das ich hier auf Erden kennen lernte. Es war eine Ehrenhaftigkeit in dem Manne, die an den Rigorismus der Ehre in altspanischen Dramen erinnerte, und auch in der Treue glich er den Helden derselben: er hatte nie Gelegenheit, »der Arzt seiner Ehre« zu werden, doch ein »standhafter Prinz« war er in eben so ritterlicher Größe, obgleich er nicht in vierfüßigen Trochäen deklamierte, gar nicht nach Todespalmen lechzte und statt des glänzenden Rittermantels ein scheinloses Röckchen mit Bachstelzenschwanz trug.

Er war durchaus kein sinnenfeindlicher Askete, er liebte Kirmesfeste, die Weinstube des Gastwirts Rasia, wo er besonders gern Krammetsvögel aß mit Wacholderbeeren – aber alle Krammetsvögel dieser Welt und alle ihre Lebensgenüsse opferte er mit stolzer Entschiedenheit, wenn es die Idee galt, die er für wahr und gut erkannt. Und er tat dieses mit solcher Anspruchlosigkeit, ja Verschämtheit, daß niemand merkte, wie eigentlich ein heimlicher Märtyrer in dieser spaßhaften Hülle steckte.

Nach weltlichen Begriffen war sein Leben ein verfehltes. Simon de Geldern hatte im Kollegium der Jesuiten seine sogenannten humanistischen Studien, *Humaniora,* gemacht, doch als der Tod seiner Eltern ihm die völlig freie Wahl einer Lebenslaufbahn ließ, wählte er gar keine, verzichtete auf jedes sogenannte Brotstudium der ausländischen Universitäten und blieb lieber daheim zu Düsseldorf in der »Arche Noä«, wie das kleine Haus hieß, welches ihm sein Vater hinterließ, und über dessen Türe das Bild der Arche Noä recht hübsch ausgemeißelt und bunt koloriert zu schauen war.

Von rastlosem Fleiße, überließ er sich hier allen seinen gelehrten Liebhabereien und Schnurrpfeifereien, seiner Bibliomanie und besonders seiner Wut des Schriftstelerns, die er besonders in politischen Tagesblättern und obskuren Zeitschriften ausließ.

Nebenbei gesagt, kostete ihm nicht bloß das Schreiben, sondern auch das Denken die größte Anstrengung.

Entstand diese Schreibwut vielleicht durch den Drang, gemeinnützig zu wirken? Er nahm Teil an allen Tagesfragen, und das Lesen von Zeitungen und Broschüren trieb er bis zur Manie. Die Nachbarn nannten ihn den Doktor, aber nicht eigentlich wegen seiner Gelahrtheit, sondern weil sein Vater und sein Bruder Doktoren der Medizin gewesen. Und die alten Weiber ließen es sich nicht ausreden, daß der Sohn des alten Doktors, der sie so oft kuriert, nicht auch die Heilmittel seines Vaters geerbt haben müsse, und wenn sie erkrankten, kamen sie zu ihm gelaufen mit ihren Urinflaschen, mit Weinen und Bitten, daß er dieselben doch besehen möchte, ihnen zu sagen, was ihnen fehle. Wenn der arme Oheim solcherweise in seinen Studien gestört wurde, konnte er in Zorn geraten und die alten Trullen mit ihren Urinflaschen zum Teufel wünschen und davonjagen.

Dieser Oheim war es nun, der auf meine geistige Bildung großen Einfluß geübt, und dem ich in solcher Beziehung unendlich viel zu verdanken habe. Wie sehr auch unsere Ansichten verschieden und so kümmerlich auch seine literärischen Bestrebungen waren, so regten sie doch vielleicht in mir die Lust zu schriftlichen Versuchen.

Der Ohm schrieb einen alten steifen Kanzleistil, wie er in den Jesuitenschulen, wo Latein die Hauptsache, gelehrt wird, und konnte sich nicht leicht befreunden mit meiner Ausdrucksweise, die ihm zu leicht, zu spielend, zu irreverenziös vorkam, aber sein Eifer, womit er mir die Hülfsmittel des geistigen Fortschritts zuwies, war für mich von größtem Nutzen.

Er beschenkte schon den Knaben mit den schönsten, kostbarsten Werken; er stellte zu meiner Verfügung seine eigene Bibliothek, die an klassischen Büchern und wichtigen Tagesbroschüren so reich war, und er erlaubte mir sogar, auf dem Söller der Arche Noä in den Kisten herumzukramen, worin sich die alten Bücher und Skripturen des seligen Großvaters befanden.

Welche geheimnisvolle Wonne jauchzte im Herzen des Knaben, wenn er auf jenem Söller, der eigentlich eine große Dachstube war, ganze Tage verbringen konnte.

Es war nicht eben ein schöner Aufenthalt, und die einzige Bewohnerin desselben, eine dicke Angorakatze, hielt nicht sonderlich auf Sauberkeit, und nur selten fegte sie mit ihrem Schweife ein bißchen den Staub und das Spinnweb fort von dem alten Gerümpel, das dort aufgestapelt lag.

Aber mein Herz war so blühend jung, und die Sonne schien so heiter durch die kleine Lukarne, daß mir alles von einem phantastischen Lichte übergossen schien und die alte Katze selbst mir wie eine verwünschte Prinzessin vorkam, die wohl plötzlich aus ihrer tierischen Gestalt wieder befreit sich in der vorigen Schöne und Herrlichkeit zeigen dürfte, während die Dachkammer sich in einen prachtvollen Palast verwandeln würde, wie es in allen Zaubergeschichten zu geschehen pflegt.

Doch die alte gute Märchenzeit ist verschwunden, die Katzen bleiben Katzen, und die Dachstube der Arche Noä blieb eine staubige Rumpelkammer, ein Hospital für inkurablen Hausrat, eine Salpêtrière für alte Möbel, die den äußersten Grad der Dekrepitüde erlangt und die man doch nicht vor die Türe schmeißen darf, aus sentimentaler Anhänglichkeit und Berücksichtigung der frommen Erinnerungen, die sich damit daran verknüpften.

Da stand eine morsch zerbrochene Wiege, worin einst

meine Mutter gewiegt worden; jetzt lag darin die Staatsperücke meines Großvaters, die ganz vermodert war und vor Alter kindisch geworden zu sein schien.

Der verrostete Galantriedegen des Großvaters und eine Feuerzange, die nur einen Arm hatte, und andres invalides Eisengeschirr hing an der Wand. Daneben auf einem wackligen Brette stand der ausgestopfte Papagei der seligen Großmutter, der jetzt ganz entfiedert und nicht mehr grün, sondern aschgrau war und mit dem einzigen Glasauge, das ihm geblieben, sehr unheimlich aussah.

Hier stand auch ein großer, grüner Mops von Porzellan, welcher inwendig hohl war; ein Stück des Hinterteils war abgebrochen, und die Katze schien für dieses chinesische oder japanische Kunstbild einen großen Respekt zu hegen; sie machte vor demselben allerlei devote Katzenbuckel und hielt es vielleicht für ein göttliches Wesen; die Katzen sind so abergläubisch.

In einem Winkel lag eine alte Flöte, welche einst meiner Mutter gehört; sie spielte darauf, als sie noch ein junges Mädchen war, und eben jene Dachkammer wählte sie zu ihrem Konzertsaale, damit der alte Herr, ihr Vater, nicht von der Musik in seiner Arbeit gestört oder auch ob dem sentimentalen Zeitverlust, dessen sich seine Tochter schuldig machte, unwirsch würde. Die Katze hatte jetzt diese Flöte zu ihrem liebsten Spielzeug erwählt, indem sie an dem verblichenen Rosaband, das an der Flöte befestigt war, dieselbe hin und her auf dem Boden rollte. Zu den Antiquitäten der Dachkammer gehörten auch Weltkugeln, die wunderlichsten Planetenbilder und Kolben und Retorten, erinnernd an astrologische und alchimistische Studien.

In den Kisten, unter den Büchern des Großvaters befanden sich auch viele Schriften, die auf solche Geheimwissenschaften Bezug hatten. Die meisten Bücher waren freilich medizinische Scharteken. An Philosophischem war kein Mangel, doch neben dem erzvernünftigen Cartesius befanden sich auch Phantasten wie Paracelsus, van Helmont und gar Agrippa von Nettesheim, dessen »Philosophia occulta« ich hier zum erstenmal zu Gesicht bekam. Schon den Knaben amüsierte die Dedikationsepistel an den Abt Trithem, dessen Antwortschreiben beigedruckt, wo dieser Compère dem andern Scharlatan seine bombastischen Komplimente mit Zinsen zurückerstattet.

Der beste und kostbarste Fund jedoch, den ich in den bestäubten Kisten machte, war ein Notizenbuch von der Hand eines Bruders meines Großvaters, den man den Chevalier oder den Morgenländer nannte, und von welchem die alten Muhmen immer so viel zu singen und zu sagen wußten.

Mein Großoheim, welcher ebenfalls Simon de Geldern hieß, muß ein sonderbarer Heiliger gewesen sein. Den Zunamen »der Morgenländer« empfing er, weil er große Reisen im Orient gemacht und sich bei seiner Rückkehr immer in orientalische Tracht kleidete.

Am längsten scheint er in den Küstenstädten Nordafrikas, namentlich in den marokkanischen Staaten, verweilt zu haben, wo er von einem Portugiesen das Handwerk eines Waffenschmieds erlernte und dasselbe mit Glück betrieb.

Er wallfahrtete nach Jerusalem, wo er in der Verzükkung des Gebetes, auf dem Berge Moria, ein Gesicht hatte. Was sah er? Er offenbarte es nie.

Ein unabhängiger Beduinenstamm, der sich nicht zum Islam, sondern zu einer Art Mosaismus bekannte und in einer der unbekannten Oasen der nordafrikanischen Sandwüste gleichsam sein Absteigequartier hatte, wählte ihn zu seinem Anführer oder Scheik; dieses kriegerische Völkchen lebte in Fehde mit allen Nachbarstämmen und war der Schrecken der Karavanen – europäisch zu reden, mein seliger Großoheim, der fromme Visionär vom heiligen Berge Moria, ward Räuberhauptmann. In dieser schönen Gegend erwarb er auch jene Kenntnisse von Pferdezucht und jene Reiterkünste, womit er nach seiner Heimkehr ins Abendland so viele Bewunderung erregte.

An den verschiedenen Höfen, wo er sich lange aufhielt, glänzte er auch durch seine persönliche Schönheit und Stattlichkeit sowie auch durch die Pracht der orientalischen Kleidung, welche besonders auf die Frauen ihren Zauber übte. Er imponierte wohl noch am meisten durch sein vorgebliches Geheimwissen, und niemand wagte es, den allmächtigen Nekromanten bei seinen hohen Gönnern herabzusetzen. Der Geist der Intrige fürchtete die Geister der Kabala.

Nur sein eigener Übermut konnte ihn ins Verderben stürzen, und sonderbar geheimnisvoll schüttelten die alten Muhmen ihre greisen Köpflein, wenn sie etwas von dem galanten Verhältnis munkelten, worin der »Morgenländer« mit einer sehr erlauchten Dame stand, und dessen Entdeckung ihn nötigte, aufs schleunigste den Hof und das Land zu verlassen. Nur durch die Flucht mit Hinterlassung aller seiner Habseligkeiten konnte er dem sichern Tode entgehen, und eben seiner erprobten Reiterkunst verdankte er seine Rettung.

Nach diesem Abenteuer scheint er in England einen sichern, aber kümmerlichen Zufluchtsort gefunden zu haben. Ich schließe solches aus einer zu London gedruckten Broschüre des Großoheims, welche ich einst, als ich in der Düsseldorfer Bibliothek bis zu den höchsten Bücherbrettern kletterte, zufällig entdeckte. Es war ein Oratorium in französischen Versen, betitelt »Moses auf dem Horeb«, hatte vielleicht Bezug auf die erwähnte Vision, die Vorrede war aber in englischer Sprache geschrieben und von London datiert; die Verse, wie alle französische Verse, gereimtes lauwarmes Wasser, aber in der englischen Prosa der Vorrede verriet sich der Unmut eines stolzen Mannes, der sich in einer dürftigen Lage befindet.

Aus dem Notizenbuch des Großoheims konnte ich nicht viel Sicheres ermitteln; es war, vielleicht aus Vorsicht, meistens mit arabischen, syrischen und koptischen Buchstaben geschrieben, worin sonderbar genug französische Zitate vorkamen, z. B. sehr oft der Vers: »Où l'innocence périt c'est un crime de vivre.« Mich frappierten auch manche Äußerungen, die ebenfalls in französischer Sprache geschrieben; letztere scheint das gewöhnliche Idiom des Schreibenden gewesen zu sein.

Eine rätselhafte Erscheinung, schwer zu begreifen, war dieser Großoheim. Er führte eine jener wunderlichen Existenzen, die nur im Anfang und in der Mitte des achtzehnten Jahrhunderts möglich gewesen; er war halb Schwärmer, der für kosmopolitische, weltbeglückende Utopien Propaganda machte, halb Glücksritter, der im Gefühl seiner individuellen Kraft die morschen Schranken einer morschen Gesellschaft durchbricht oder überspringt. Jedenfalls war er ganz ein Mensch.

Sein Charlatanismus, den wir nicht in Abrede stellen, war nicht von gemeiner Sorte. Er war kein gewöhnlicher Charlatan, der den Bauern auf den Märkten die Zähne ausreißt, sondern er drang mutig in die Paläste der Großen, denen er den stärksten Backzahn ausriß, wie weiland Ritter Hüon von Bordeaux dem Sultan von Babylon tat. Klappern gehört zum Handwerk, sagt das Sprüchwort, und das Leben ist ein Handwerk wie jedes andre.

Und welcher bedeutende Mensch ist nicht ein bißchen Charlatan? Die Charlatane der Bescheidenheit sind die schlimmsten mit ihrem demütig tuenden Dünkel! Wer gar auf die Menge wirken will, bedarf einer charlatanischen Zutat.

Der Zweck heiligt die Mittel. Hat doch der liebe Gott selbst, als er auf dem Berg Sinai sein Gesetz promulgierte, nicht verschmäht, bei dieser Gelegenheit tüchtig zu blitzen und zu donnern, obgleich das Gesetz so vortrefflich, so göttlich gut war, daß es füglich aller Zutat von leuchtendem Kolophonium und donnernden Paukenschlägen entbehren konnte. Aber der Herr kannte sein Publikum, das mit seinen Ochsen und Schafen und aufgesperrten Mäulern unten am Berge stand, und welchem gewiß ein physikalisches Kunststück mehr Bewunderung einflößen konnte als alle Mirakel des ewigen Gedankens.

Wie dem auch sei, dieser Großohm hat die Einbildungskraft des Knaben außerordentlich beschäftigt. Alles, was man von ihm erzählte, machte einen unauslöschlichen Eindruck auf mein junges Gemüt, und ich versenkte mich so tief in seine Irrfahrten und Schicksale, daß mich manchmal am hellen, lichten Tage ein unheimliches Gefühl ergriff und es mir vorkam, als sei ich selbst mein seliger Großoheim und als lebte ich nur eine Fortsetzung des Lebens jenes längst Verstorbenen!

In der Nacht spiegelte sich dasselbe retrospektiv zurück in meine Träume. Mein Leben glich damals einem großen Journal, wo die obere Abteilung die Gegenwart, den Tag mit seinen Tagesberichten und Tagesdebatten, enthielt, während in der unteren Abteilung die poetische Vergangenheit in fortlaufenden Nachtträumen wie eine Reihenfolge von Romanfeuilletons sich phantastisch kundgab.

In diesen Träumen identifizierte ich mich gänzlich mit meinem Großohm, und mit Grauen fühlte ich zugleich, daß ich ein anderer war und einer anderen Zeit angehörte. Da gab es Örtlichkeiten, die ich nie vorher gesehen, da gab es Verhältnisse, wovon ich früher keine Ahnung hatte, und doch wandelte ich dort mit sicherem Fuß und sicherem Verhalten.

Da begegneten mir Menschen in brennend bunten, sonderbaren Trachten und mit abenteuerlich wüsten Physiognomien, denen ich dennoch wie alten Bekannten die Hände drückte; ihre wildfremde, nie gehörte Sprache verstand ich, zu meiner Verwunderung antwortete ich ihnen sogar in derselben Sprache, während ich mit einer Heftigkeit gestikulierte, die mir nie eigen war, und während ich sogar Dinge sagte, die mit meiner gewöhnlichen Denkweise widerwärtig kontrastierten.

Dieser wunderliche Zustand dauerte wohl ein Jahr, und obgleich ich wieder ganz zur Einheit des Selbstbewußtseins kam, blieben doch geheime Spuren in meiner Seele. Manche Idiosynkrasie, manche fatale Sympathien und Antipathien, die gar nicht zu meinem Naturell passen, ja sogar manche Handlungen, die im Widerspruch mit meiner Denkweise sind, erkläre ich mir als Nachwirkungen aus jener Traumzeit, wo ich mein eigener Großoheim war.

Wenn ich Fehler begehe, deren Entstehung mir unbegreiflich erscheint, schiebe ich sie gern auf Rechnung meines morgenländischen Doppeltgängers. Als ich einst meinem Vater eine solche Hypothese mitteilte, um ein kleines Versehen zu beschönigen, bemerkte er schalkhaft: er hoffe, daß mein Großoheim keine Wechsel unterschrieben habe, die mir einst zur Bezahlung präsentiert werden könnten.

Es sind mir keine solche orientalischen Wechsel vorgezeigt worden, und ich habe genug Nöte mit meinen eigenen okzidentalischen Wechseln gehabt.

Aber es gibt gewiß noch schlimmere Schulden als Geldschulden, welche uns die Vorfahren zur Tilgung hinterlassen. Jede Generation ist eine Fortsetzung der andern und ist verantwortlich für ihre Taten. Die Schrift sagt: die Väter haben Härlinge (unreife Trauben) gegessen, und die Enkel haben davon schmerzhaft taube Zähne bekommen.

Es herrscht eine Solidarität der Generationen, die auf einander folgen, ja die Völker, die hinter einander in die Arena treten, übernehmen eine solche Solidarität, und die ganze Menschheit liquidiert am Ende die große Hinterlassenschaft der Vergangenheit. Im Tale Josaphat wird das große Schuldbuch vernichtet werden oder vielleicht vorher noch durch einen Universalbankrott.

Daher die Idee einer Solidarität der Familien. Der Gesetzgeber der Juden hat diese Solidarität tief erkannt und besonders in seinem Erbrecht sanktioniert; für ihn gab es vielleicht keine individuelle Fortdauer nach dem Tode, und er glaubte nur an die Unsterblichkeit der Familie; alle Güter waren Familieneigentum, und niemand konnte sie so vollständig alienieren, daß sie nicht zu einer gewissen Zeit an die Familienglieder zurückfielen.

Einen schroffen Gegensatz zu jener menschenfreundlichen Idee des mosaischen Gesetzes bildet das römische, welches ebenfalls im Erbrechte den Egoismus des römischen Charakters bekundet: die Rechtsbestimmungen in Bezug auf Testamente sanktionieren hier den grinsenden Eigenwillen der Selbstsucht, des starren Personaldünkels, der bis übers Leben hinaus seine Besitztümer mißbrauchen will und der am Ende nur unter dem Namen *familia* nur seine Haussklaven kennt.

Ich will hierüber keine Untersuchungen eröffnen, und meine persönlichen Bekenntnisse verfolgend, will ich vielmehr die Gelegenheit benutzen, die sich mir hier bietet, wieder durch ein Beispiel zu zeigen, wie die harmlosesten Tatsachen zuweilen zu den böswilligsten Insinuationen von meinen Feinden benutzt worden. Letztere wollen nämlich die Entdeckung gemacht haben, daß ich bei biographischen Mitteilungen sehr viel von meiner mütterlichen Familie, aber gar nichts von meinen väterlichen Sippen und Magen spräche, und sie bezeichneten solches als ein absichtliches Hervorheben und Verschweigen und beschuldigten mich derselben eiteln Hintergedanken, die man auch meinem seligen Kollegen Wolfgang Goethe vorwarf.

Es ist freilich wahr, daß in dessen Memoiren sehr oft von dem Großvater von väterlicher Seite, welcher als gestrenger Herr Schultheiß auf dem Römer zu Frankfurt präsidierte, mit besonderem Behagen die Rede ist, während der Großvater von mütterlicher Seite, der als ehrsames Flickschneiderlein auf der Bockenheimer Gasse auf dem Werktische hockte und die alten Hosen der Republik ausbesserte, mit keinem Worte erwähnt wird.

Ich habe Goethen in Betreff dieses Ignorierens nicht zu vertreten, doch was mich selbst betrifft, möchte ich jene böswilligen und oft ausgebeuteten Interpretationen und Insinuationen dahin berichtigen, daß es nicht meine Schuld ist, wenn in meinen Schriften von einem väterlichen Großvater nie gesprochen ward. Die Ursache ist ganz einfach: ich habe nie viel von ihm zu sagen gewußt. Mein seliger Vater war als ganz fremder Mann nach meiner Geburtsstadt Düsseldorf gekommen und besaß hier keine Anverwandten, keine jener alten Muhmen und Basen, welche die weiblichen Barden sind, die der jungen Brut tagtäglich die alten Familienlegenden mit epischer Monotonie vorsingen, während sie die bei den schottischen Barden obligate Dudelsackbegleitung durch das Schnarren ihrer Nasen ersetzen. Nur über die großen Kämpen des mütterlichen Clans konnte von dieser Seite mein junges Gemüt frühe Eindrücke empfangen und ich horchte mit Andacht, wenn die alte Bräunle oder Brunhildis erzählte. Mein Vater selbst war sehr einsilbiger Natur, sprach nicht gern, und einst als kleines Bübchen, zur Zeit, wo ich die Werkeltage in der öden Franziskanerschule, jedoch die Sonntage zu Hause zubrachte, nahm ich hier eine Gelegenheit war, meinen Vater zu befragen, wer mein Großvater gewesen sei. Auf diese Frage antwortete er halb lachend, halb unwirsch: »Dein Großvater war ein kleiner Jude und hatte einen großen Bart.«

Den andern Tag, als ich in den Schulsaal trat, wo ich bereits meine kleinen Kameraden versammelt fand, beeilte ich mich sogleich ihnen die wichtige Neuigkeit zu erzählen: daß mein Großvater ein kleiner Jude war, welcher einen langen Bart hatte.

Kaum hatte ich diese Mitteilung gemacht, als sie von Mund zu Mund flog, in allen Tonarten wiederholt ward, mit Begleitung von nachgeäfften Tierstimmen. Die Kleinen sprangen über Tische und Bänke, rissen von den Wänden die Rechentafeln, welche auf den Boden purzelten nebst den Tintenfässern, und dabei wurde gelacht, gemeckert, gegrunzt, gebellt, gekräht – ein Höllenspektakel, dessen Refrain immer der Großvater war, der ein kleiner Jude gewesen und einen großen Bart hatte.

Der Lehrer, welchem die Klasse gehörte, vernahm den Lärm und trat mit zornglühendem Gesichte in den Saal und fragte gleich nach dem Urheber dieses Unfugs. Wie immer in solchen Fällen geschieht, ein jeder suchte kleinlaut sich zu diskulpieren, und am Ende der Untersuchung ergab es sich, daß ich Ärmster überwiesen ward, durch meine Mitteilung über meinen Großvater den ganzen Lärm veranlaßt zu haben, und ich büßte meine Schuld durch eine bedeutende Anzahl Prügel.

Es waren die ersten Prügel, die ich auf dieser Erde empfing, und ich machte bei dieser Gelegenheit schon die philosophische Betrachtung, daß der liebe Gott, der die Prügel erschaffen, in seiner gütigen Weisheit auch dafür sorgte, daß derjenige, welcher sie erteilt, am Ende müde wird, indem sonst am Ende die Prügel unerträglich würden.

Der Stock, womit ich geprügelt ward, war ein Rohr von gelber Farbe, doch die Streifen, welche dasselbe auf meinem Rücken ließ, waren dunkelblau. Ich habe sie nicht vergessen.

Auch den Namen des Lehrers, der mich so unbarmherzig schlug, vergaß ich nicht: es war der Pater Dickerscheit; er wurde bald von der Schule entfernt, aus Gründen, die ich ebenfalls nicht vergessen, aber nicht mitteilen will.

Der Liberalismus hat den Priesterstand oft genug mit Unrecht verunglimpft, und man könnte ihm wohl jetzt einige Schonung angedeihen lassen, wenn ein unwürdiges Mitglied Verbrechen begeht, die am Ende doch nur der menschlichen Natur oder vielmehr Unnatur beizumessen sind.

Wie der Name des Mannes, der mir die ersten Prügel erteilte, blieb mir auch der Anlaß im Gedächtnis, nämlich meine unglückliche genealogische Mitteilung, und die Nachwirkung jener frühen Jugendeindrücke ist so groß, daß jedesmal, wenn von kleinen Juden mit großen Bärten die Rede war, mir eine unheimliche Erinnerung gruselnd über den Rücken lief. »Gesottene Katze scheut den kochenden Kessel«, sagt das Sprüchwort, und jeder wird leicht begreifen, daß ich seitdem keine große Neigung empfand, nähere Auskunft über jenen bedenklichen Großvater und seinen Stammbaum zu erhalten oder gar dem großen Publikum, wie einst dem kleinen, dahinbezügliche Mitteilungen zu machen.

Meine Großmutter väterlicherseits, von welcher ich ebenfalls nur wenig zu sagen weiß, will ich jedoch nicht unerwähnt lassen. Sie war eine außerordentlich schöne Frau und einzige Tochter eines Bankiers zu Hamburg, der wegen seines Reichtums weit und breit berühmt war. Diese Umstände lassen mich vermuten, daß der kleine Jude, der die schöne Person aus dem Hause ihrer hochbegüterten Eltern nach seinem Wohnorte Hannover heimführte, noch außer seinem großen Barte sehr rühmliche Eigenschaften besessen und sehr respektabel gewesen sein muß.

Er starb frühe, eine junge Witwe mit sechs Kindern, sämtlich Knaben im zartesten Alter, zurücklassend. Sie kehrte nach Hamburg zurück und starb dort ebenfalls nicht sehr betagt.

Im Schlafzimmer meines Oheims Salomon Heine zu Hamburg sah ich einst das Portrait der Großmutter. Der Maler, welcher in Rembrandtscher Manier nach Licht- und Schatteneffekten haschte, hatte dem Bilde eine schwarze klösterliche Kopfbedeckung, eine fast eben so strenge, dunkle Robe und den pechdunkelsten Hintergrund erteilt, so daß das vollwangigte, mit einem Doppeltkinn versehene Gesicht wie ein Vollmond aus nächtlichem Gewölk hervorschimmerte.

Ihre Züge trugen noch die Spuren großer Schönheit, sie waren zugleich milde und ernsthaft, und besonders die Morbidezza der Hautfarbe gab dem ganzen Gesicht einen Ausdruck von Vornehmheit eigentümlicher Art; hätte der Maler der Dame ein großes Kreuz von Diamanten vor die Brust gemalt, so hätte man sicher geglaubt, das Portrait irgend einer gefürsteten Äbtissin eines protestantischen adlichen Stiftes zu sehen.

Von den Kindern meiner Großmutter haben, soviel ich weiß, nur zwei ihre außerordentliche Schönheit geerbt, nämlich mein Vater und mein Oheim Salomon Heine, der verstorbene Chef des hamburgischen Bankierhauses dieses Namens.

Die Schönheit meines Vaters hatte etwas Überweiches, Charakterloses, fast Weibliches. Sein Bruder besaß vielmehr eine männliche Schönheit, und er war über-

Salomon Heine (1767–1844). Lithographie von Otto Speckter (1807–1871) Hamburg 1842. Faksimilierte Widmung: »Zur freundlichen Erinnerung, An Salomon Heine«. Foto: Heinrich-Heine-Institut, Düsseldorf

haupt ein Mann, dessen Charakterstärke sich auch in seinen edelgemessenen, regelmäßigen Zügen imposant, ja manchmal sogar verblüffend offenbarte. Seine Kinder waren alle ohne Ausnahme zur entzückendsten Schönheit emporgeblüht, doch der Tod raffte sie dahin in ihrer Blüte, und von diesem schönen Menschenblumenstrauß leben jetzt nur zwei, der jetzige Chef des Bankierhauses und seine Schwester, eine seltene Erscheinung mit – – –

Ich hatte alle diese Kinder so lieb, und ich liebte auch ihre Mutter, die ebenfalls so schön war und früh dahinschied, und alle haben mir viele Tränen gekostet. Ich habe wahrhaftig in diesem Augenblicke nötig, meine Schellenkappe zu schütteln, um die weinerlichen Gedanken zu überklingeln.

Ich habe oben gesagt, daß die Schönheit meines Vaters etwas Weibliches hatte. Ich will hiermit keineswegs einen Mangel an Männlichkeit andeuten: letztere hat er zumal in seiner Jugend oft erprobt, und ich selbst bin am Ende ein lebendes Zeugnis derselben. Es sollte das keine unziemliche Äußerung sein; im Sinne hatte ich nur die Formen seiner körperlichen Erscheinung, die nicht straff und drall, sondern vielmehr weich und zärtlich geründet waren; den Konturen seiner Züge fehlte das Markierte, und sie verschwammen ins Unbestimmte. In seinen späteren Jahren ward er fett, aber auch in seiner Jugend scheint er nicht eben mager gewesen zu sein.

In dieser Vermutung bestätigt mich ein Portrait, welches seitdem in einer Feuersbrunst bei meiner Mutter verloren ging und meinen Vater als einen jungen Menschen von etwa 18 oder 19 Jahren, in roter Uniform, das Haupt gepudert und versehen mit einem Haarbeutel, darstellt.

Dieses Portrait war günstigerweise mit Pastellfarbe gemalt. Ich sage günstigerweise, da letztere weit besser als die Ölfarbe mit dem hinzukommenden Glanzleinenfirnis jenen Blütenstaub wiedergeben kann, den wir auf den Gesichtern der Leute, welche Puder tragen, bemerken, und die Unbestimmtheit der Züge vorteilhaft verschleiert. Indem der Maler auf besagtem Portrait mit den kreideweiß gepuderten Haaren und der eben so weißen Halsbinde das rosichte Gesicht enkadrierte, verlieh er demselben durch den Kontrast ein stärkeres Kolorit, und es tritt kräftiger hervor.

Auch die scharlachrote Farbe des Rocks, die auf Ölgemälden so schauderhaft uns angrinst, macht hier im Gegenteil einen guten Effekt, indem dadurch die Rosenfarbe des Gesichtes angenehm gemildert wird.

Der Typus von Schönheit, der sich in den Zügen desselben aussprach, erinnerte weder an die strenge keusche Idealität der griechischen Kunstwerke noch an den spiritualistisch schwärmerischen, aber mit heidnischer Gesundheit geschwängerten Stil der Renaissance; nein, besagtes Portrait trug vielmehr ganz den Charakter einer Zeit, die eben keinen Charakter besaß, die minder die Schönheit als das Hübsche, das Niedliche, das Kokett-Zierliche liebte; einer Zeit, die es in der Fadheit bis zur Poesie brachte, jener süßen, geschnörkelten Zeit des Rokoko, die man auch die Haarbeutelzeit nannte und die wirklich als Wahrzeichen, nicht an der Stirn, sondern am Hinterkopfe, einen Haarbeutel trug. Wäre das Bild meines Vaters auf besagtem Porträte etwas mehr Miniatur gewesen, so hätte man glauben können, der vortreffliche Watteau habe es gemalt, um mit phantastischen Arabesken von bunten Edelsteinen und Goldflittern umrahmt auf einem Fächer der Frau von Pompadour zu paradieren.

Bemerkenswert ist vielleicht der Umstand, daß mein Vater auch in seinen späteren Jahren der altfränkischen Mode des Puders treu blieb und bis an sein seliges Ende sich alle Tage pudern ließ, obgleich er das schönste Haar, das man sich denken kann, besaß. Es war blond, fast golden und von einer Weichheit, wie ich sie nur bei chinesischer Flockseide gefunden.

Den Haarbeutel hätte er gewiß ebenfalls gern beibehalten, jedoch der fortschreitende Zeitgeist war unerbittlich. In dieser Bedrängnis fand mein Vater ein beschwichtigendes Auskunftsmittel. Er opferte nur die Form, das schwarze Säckchen, den Beutel, die langen Haarlocken jedoch selbst trug er seitdem wie ein breitgeflochtenes Chignon mit kleinen Kämmchen auf dem Haupte befestigt. Diese Haarflechte war bei der Weichheit der Haare und wegen des Puders fast gar nicht bemerkbar, und so war mein Vater doch im Grunde kein Abtrünniger des alten Haarbeuteltums, und er hatte nur wie so mancher Krypto-Orthodoxe dem grausamen Zeitgeiste sich äußerlich gefügt.

Die rote Uniform, worin mein Vater auf dem erwähnten Porträte abkonterfeit ist, deutet auf hannöversche Dienstverhältnisse. Im Gefolge des Prinzen Ernst von Cumberland befand sich mein Vater zu Anfang der französischen Revolution und machte den Feldzug in Flandern und Brabant mit in der Eigenschaft eines Proviantmeisters oder Kommissarius oder, wie es die Franzosen nennen, eines *officier de bouche*; die Preußen nennen es einen »Mehlwurm«.

Das eigentliche Amt des blutjungen Menschen war

aber das eines Günstlings des Prinzen, eines Brummels *au petit pied* und ohne gesteifte Krawatte, und er teilte auch am Ende das Schicksal solcher Spielzeuge der Fürstengunst. Mein Vater blieb zwar zeitlebens fest überzeugt, daß der Prinz, welcher später König von Hannover ward, ihn nie vergessen habe, doch wußte er sich nie zu erklären, warum der Prinz niemals nach ihm schickte, niemals sich nach ihm erkundigen ließ, da er doch nicht wissen konnte, ob sein ehemaliger Günstling nicht in Verhältnissen lebte, wo er etwa seiner bedürftig sein möchte.

Aus jener Feldzugsperiode stammen manche bedenkliche Liebhabereien meines Vaters, die ihm meine Mutter nur allmählich abgewöhnen konnte. Z. B. Er ließ sich gern zu hohem Spiel verleiten, protegierte die dramatische Kunst oder vielmehr ihre Priesterinnen, und gar Pferde und Hunde waren seine Passion. Bei seiner Ankunft in Düsseldorf, wo er sich aus Liebe für meine Mutter als Kaufmann etablierte, hatte er zwölf der schönsten Gäule mitgebracht. Er entäußerte sich aber derselben auf ausdrücklichen Wunsch seiner jungen Gattin, die ihm vorstellte, daß dieses vierfüßige Kapital zu viel Hafer fresse und gar nichts eintrage.

Schwerer ward es meiner Mutter, auch den Stallmeister zu entfernen, einen vierschrötigen Flegel, der beständig mit irgend einem aufgegabelten Lump im Stalle lag und Karten spielte. Er ging endlich von selbst in Begleitung einer goldenen Repetieruhr meines Vaters und einiger anderer Kleinodien von Wert.

Nachdem meine Mutter den Taugenichts los war, gab sie auch den Jagdhunden meines Vaters ihre Entlassung, mit Ausnahme eines einzigen, welcher Joly hieß, aber erzhäßlich war. Er fand Gnade in ihren Augen, weil er eben gar nichts von einem Jagdhund an sich hatte und ein bürgerlich treuer und tugendhafter Haushund werden konnte. Er bewohnte im leeren Stalle die alte Kalesche meines Vaters, und wenn dieser hier mit ihm zusammentraf, warfen sie sich wechselseitig bedeutende Blicke zu. »Ja, Joly«, seufzte dann mein Vater, und Joly wedelte wehmütig mit dem Schwanze.

Ich glaube, der Hund war ein Heuchler, und einst in übler Laune, als sein Liebling über einen Fußtritt allzu jämmerlich wimmerte, gestand mein Vater, daß die Kanaille sich verstelle. Am Ende ward Joly sehr räudig, und da er eine wandelnde Kaserne von Flöhen geworden, mußte er ersäuft werden, was mein Vater ohne Einspruch geschehen ließ; die Menschen sakrifizieren ihre vierfüßigen Günstlinge mit derselben Indifferenz wie die Fürsten die zweifüßigen.

Aus der Feldlagerperiode meines Vaters stammte auch wohl seine grenzenlose Vorliebe für den Soldatenstand oder vielmehr für das Soldatenspiel, die Lust an jenem lustigen, müßigen Leben, wo Goldflitter und Scharlachlappen die innere Leere verhüllen und die berauschte Eitelkeit sich als Mut geberden kann.

In seiner junkerlichen Umgebung gab es weder militärischen Ernst noch wahre Ruhmsucht; von Heroismus konnte gar nicht die Rede sein. Als die Hauptsache erschien ihm die Wachtparade, das klirrende Wehrgehenke, die straffanliegende Uniform, so kleidsam für schöne Männer.

Wie glücklich war daher mein Vater, als zu Düsseldorf die Bürgergarden errichtet wurden und er als Offizier derselben die schöne dunkelblaue, mit himmelblauen

Sammetaufschlägen versehene Uniform tragen und an der Spitze seiner Kolonnen an unserem Hause vorbeidefilieren konnte. Vor meiner Mutter, welche errötend am Fenster stand, salutierte er dann mit allerliebster Kourtoisie; der Federbusch auf seinem dreieckigen Hute flatterte da so stolz, und im Sonnenlicht blitzten freudig die Epauletten.

Noch glücklicher war mein Vater in jener Zeit, wenn die Reihe an ihn kam, als kommandierender Offizier die Hauptwache zu beziehen und für die Sicherheit der Stadt zu sorgen. An solchen Tagen floß auf der Hauptwache eitel Rüdesheimer und Aßmannshäuser von den trefflichsten Jahrgängen, alles auf Rechnung des kommandierenden Offiziers, dessen Freigebigkeit seine Bürgergardisten, seine Krethi und Plethi, nicht genug zu rühmen wußten.

Auch genoß mein Vater unter ihnen eine Popularität, die gewiß eben so groß war wie die Begeisterung, womit die alte Garde den Kaiser Napoleon umjubelte. Dieser freilich verstand seine Leute in anderer Weise zu berauschen. Den Garden meines Vaters fehlte es nicht an einer gewissen Tapferkeit, zumal wo es galt, eine Batterie von Weinflaschen, deren Schlünde vom größten Kaliber, zu erstürmen. Aber ihr Heldenmut war doch von einer anderen Sorte als die, welche wir bei der alten Kaisergarde fanden. Letztere starb und übergab sich nicht, während die Gardisten meines Vaters immer am Leben blieben und sich oft übergaben.

Was die Sicherheit der Stadt Düsseldorf betrifft, so mag es sehr bedenklich damit ausgesehen haben in den Nächten, wo mein Vater auf der Hauptwache kommandierte. Er trug zwar Sorge, Patrouillen auszuschicken, die

Hauptwache und Akademie am Burgplatz in Düsseldorf (1831).
Gemälde von Andreas Achenbach, Kunstmuseum Düsseldorf.
Foto: Landesbildstelle Rheinland, Düsseldorf.

singend und klirrend in verschiedenen Richtungen die Stadt durchstreiften. Es geschah einst, daß zwei solcher Patrouillen sich begegneten und in der Dunkelheit die einen die andern als Trunkenbolde und Ruhestörer arretieren wollten. Zum Glück sind meine Landsleute ein harmlos fröhliches Völkchen, sie sind im Rausche gutmütig, »ils ont le vin bon«, und es geschah kein Malheur; sie übergaben sich wechselseitig.

Eine grenzenlose Lebenslust war ein Hauptzug im Charakter meines Vaters, er war genußsüchtig, frohsinnig, rosenlaunig. In seinem Gemüte war beständig Kirmes, und wenn auch manchmal die Tanzmusik nicht sehr rauschend, so wurden doch immer die Violinen gestimmt. Immer himmelblaue Heiterkeit und Fanfaren des Leichtsinns. Eine Sorglosigkeit, die des vorigen Tages vergaß und nie an den kommenden Morgen denken wollte.

Dieses Naturell stand im wunderlichsten Widerspruch mit der Gravität, die über sein strengruhiges Antlitz verbreitet war und sich in der Haltung und jeder Bewegung des Körpers kundgab. Wer ihn nicht kannte und zum ersten Male diese ernsthafte, gepuderte Gestalt und diese wichtige Miene sah, hätte gewiß glauben können, einen von den sieben Weisen Griechenlands zu erblicken. Aber bei näherer Bekanntschaft merkte man wohl, daß er weder ein Thales noch ein Lampsakus war, der über kosmogonische Probleme nachgrüble. Jene Gravität war zwar nicht erborgt, aber sie erinnerte doch an jene antiken Basreliefs, wo ein heiteres Kind sich eine große tragische Maske vor das Antlitz hält.

Er war wirklich ein großes Kind mit einer kindlichen Naivität, die bei platten Verstandesvirtuosen sehr leicht für Einfalt gelten konnte, aber manchmal durch irgend einen tiefsinnigen Ausspruch das bedeutendste Anschauungsvermögen verriet.

Er witterte mit seinen geistigen Fühlhörnern, was die Klugen erst langsam durch die Reflektion begriffen. Er dachte weniger mit dem Kopfe als mit dem Herzen und hatte das liebenswürdigste Herz, das man sich denken kann. Das Lächeln, das manchmal um seine Lippen spielte und mit der oben erwähnten Gravität gar drollig anmutig kontrastierte, war der süße Widerschein seiner Seelengüte.

Auch seine Stimme, obgleich männlich, klangvoll, hatte etwas Kindliches, ich möchte fast sagen etwas, das an Waldtöne, etwa an Rotkehlchenlaute erinnerte; wenn er sprach, so drang seine Stimme so direkt zu Herzen, als habe sie gar nicht nötig gehabt, den Weg durch die Ohren zu nehmen.

Er redete den Dialekt Hannovers, wo, wie auch in der südlichen Nachbarschaft dieser Stadt, das Deutsche am besten ausgesprochen wird. Das war ein großer Vorteil für mich, daß solchermaßen schon in der Kindheit durch meinen Vater mein Ohr an eine gute Aussprache des Deutschen gewöhnt wurde, während in unserer Stadt selbst jenes fatale Kauderwelsch des Niederrheins gesprochen wird, das zu Düsseldorf noch einigermaßen erträglich, aber in dem nachbarlichen Köln wahrhaft ekelhaft wird. Köln ist das Toskana einer klassisch schlechten Aussprache des Deutschen, und Kobes klüngelt mit Marizzebill in einer Mundart, die wie faule Eier klingt, fast riecht.

In der Sprache der Düsseldorfer merkt man schon einen Übergang in das Froschgequäke der holländischen Sümpfe. Ich will der holländischen Sprache bei Leibe nicht ihre eigentümlichen Schönheiten absprechen, nur gestehe ich, daß ich kein Ohr dafür habe. Es mag sogar wahr sein, daß unsere eigene deutsche Sprache, wie patriotische Linguisten in den Niederlanden behauptet haben, nur ein verdorbenes Holländisch sei. Es ist möglich.

Dieses erinnert mich an die Behauptung eines kosmopolitischen Zoologen, welcher den Affen für den Ahnherrn des Menschengeschlechts erklärt; die Menschen sind nach seiner Meinung nur ausgebildete, ja überbildete Affen. Wenn die Affen sprechen könnten, sie würden wahrscheinlich behaupten, daß die Menschen nur ausgeartete Affen seien, daß die Menschheit ein verdorbenes Affentum, wie nach der Meinung der Holländer die deutsche Sprache ein verdorbenes Holländisch ist.

Ich sage: wenn die Affen sprechen könnten, obgleich ich von solchem Unvermögen des Sprechens nicht überzeugt bin. Die Neger am Senegal versichern steif und fest, die Affen seien Menschen ganz wie wir, jedoch klüger, indem sie sich des Sprechens enthalten, um nicht als Menschen anerkannt und zum Arbeiten gezwungen zu werden; ihre skurrile Affenspäße seien lauter Pfiffigkeit, wodurch sie bei den Machthabern der Erde für untauglich erscheinen möchten, wie wir andre ausgebeutet zu werden.

Solche Entäußerung aller Eitelkeit würde mir von diesen Menschen, die ein stummes Inkognito beibehalten und sich vielleicht über unsere Einfalt lustig machen, eine sehr hohe Idee einflößen. Sie bleiben frei in ihren Wäldern, dem Naturzustand nie entsagend. Sie könnten wahrlich mit Recht behaupten, daß der Mensch ein ausgearteter Affe sei. Vielleicht haben unsere Vorfahren im achtzehnten Jahrhundert dergleichen schon geahnt, und indem sie instinktmäßig fühlten, wie unsere glatte Überzivilisation nur eine gefirnißte Fäulnis ist, und wie es nötig sei, zur Natur zurückzukehren, suchten sie sich unserem Urtypus, dem natürlichen Affentum, wieder zu nähern. Sie taten das Mögliche, und als ihnen endlich, um ganz Affe zu sein, nur noch der Schwanz fehlte, ersetzten sie diesen Mangel durch den Zopf. So ist die Zopfmode ein bedeutsames Symptom eines ernsten Bedürfnisses und nicht ein Spiel der Frivolität – Doch ich suche vergebens durch das Schellen meiner Kappe die Wehmut zu überklingeln, die mich jedesmal ergreift, wenn ich an meinen verstorbenen Vater denke.

Er war von allen Menschen derjenige, den ich am meisten auf dieser Erde geliebt. Er ist jetzt tot seit länger als 25 Jahren. Ich dachte nie daran, daß ich ihn einst verlieren würde, und selbst jetzt kann ich es kaum glauben, daß ich ihn wirklich verloren habe. Es ist so schwer, sich von dem Tod der Menschen zu überzeugen, die wir so innig liebten. Aber sie sind auch nicht tot, sie leben fort in uns und wohnen in unserer Seele.

Es verging seitdem keine Nacht, wo ich nicht an meinen seligen Vater denken mußte, und wenn ich des Morgens erwache, glaube ich oft noch den Klang seiner Stimme zu hören wie das Echo eines Traumes. Alsdann ist mir zu Sinn, als müßt' ich mich geschwind ankleiden und zu meinem Vater hinabeilen in die große Stube, wie ich als Knabe tat.

Mein Vater pflegte immer sehr frühe aufzustehen und sich an seine Geschäfte zu begeben, im Winter wie im Sommer, und ich fand ihn gewöhnlich schon am Schreibtisch, wo er ohne aufzublicken mir die Hand hinreichte zum Kusse. Eine schöne, feingeschnittene, vornehme Hand, die er immer mit Mandelklei wusch. Ich sehe sie noch vor mir, ich sehe noch jedes blaue Äderchen, das diese blendend weiße Marmorhand durchrieselte. Mir ist, als steige der Mandelduft prickelnd in meine Nase, und das Auge wird feucht.

Zuweilen blieb es nicht beim bloßen Handkuß, und mein Vater nahm mich zwischen seine Knie und küßte mich auf die Stirn. Eines Morgens umarmte er mich mit ganz besonderer Zärtlichkeit und sagte: »Ich habe diese Nacht etwas Schönes von dir geträumt und bin sehr zufrieden mit dir, mein lieber Harry.« Während er diese naiven Worte sprach, zog ein Lächeln um seine Lippen, welches zu sagen schien: mag der Harry sich noch so unartig in der Wirklichkeit aufführen, ich werde dennoch, um ihn ungetrübt zu lieben, immer etwas Schönes von ihm träumen.

Harry ist bei den Engländern der familiäre Name derjenigen, welche Henri heißen, und er entspricht ganz meinem deutschen Taufnamen »Heinrich«. Die familiären Benennungen des letztern sind in dem Dialekte meiner Heimat äußerst mißklingend, ja fast skurril, z. B. Heinz, Heinzchen, Hinz. Heinzchen werden oft auch die kleinen Hauskobolde genannt, und der gestiefelte Kater im Puppenspiel und überhaupt der Kater in der Volksfabel heißt »Hinze«.

Aber nicht um solcher Mißlichkeit abzuhelfen, sondern um einen seiner besten Freunde in England zu ehren, ward von meinem Vater mein Name anglisiert. Mr. Harry war meines Vaters Geschäftsführer in Liverpool; er kannte dort die besten Fabriken, wo *Velveteen* fabriziert wurde, ein Handelsartikel, der meinem Vater sehr am Herzen lag, mehr aus Ambition als aus Eigennutz, denn obgleich er behauptete, daß er viel Geld an jenem Artikel verdiene, so blieb solches doch sehr problematisch, und mein Vater hätte vielleicht noch Geld zugesetzt, wenn es darauf ankam, den Velveteen in besserer Qualität und in größerer Quantität abzusetzen als seine Kompetitoren. Wie denn überhaupt mein Vater eigentlich keinen berechnenden Kaufmannsgeist hatte, obgleich er immer rechnete, und der Handel für ihn vielmehr ein Spiel war, wie die Kinder Soldaten oder Kochen spielen.

Seine Tätigkeit war eigentlich nur eine unaufhörliche Geschäftigkeit. Der Velveteen war ganz besonders seine

Puppe, und er war glücklich, wenn die großen Frachtkarren abgeladen wurden und schon beim Abpacken alle Handelsjuden der benachbarten Gegend die Hausflur füllten; denn die letzteren waren seine besten Kunden, und bei ihnen fand sein Velveteen nicht bloß den größten Absatz, sondern auch ehrenhafte Anerkennung.

Da du, teurer Leser, vielleicht nicht weißt, was »Velveteen« ist, so erlaube ich mir, dir zu erklären, daß dieses ein englisches Wort ist, welches »samtartig« bedeutet, und man benennt damit eine Art Samt von Baumwolle, woraus sehr schöne Hosen, Westen, sogar Kamisöle verfertigt werden. Es trägt dieser Kleidungsstoff auch den Namen »Manchester« nach der gleichnamigen Fabrikstadt, wo derselbe zuerst fabriziert wurde.

Weil nun der Freund meines Vaters, der sich auf den Einkauf der Velveteen am besten verstand, den Namen Harry führte, erhielt auch ich diesen Namen, und Harry ward ich genannt in der Familie und bei Hausfreunden und Nachbarn.

[Ich höre mich noch jetzt sehr gern bei diesem Namen nennen, obgleich ich demselben auch viel Verdruß, vielleicht den empfindlichsten Verdruß meiner Kindheit verdankte. Erst jetzt, wo ich nicht mehr unter den Lebenden lebe und folglich alle gesellschaftliche Eitelkeit in meiner Seele erlischt, kann ich ohne Befangenheit davon sprechen.] Hier in Frankreich ist mir gleich nach meiner Ankunft in Paris mein deutscher Name »Heinrich« in »Henri« übersetzt worden, da ersterer dem französischen Ohr nicht zusagte und überhaupt die Franzosen sich alle Dinge in der Welt recht bequem machen. Auch den Namen *Henri Heine* haben sie nie recht aussprechen können, und bei den meisten heiße ich *Mr. Enri Enn*; von vielen wird dieses in ein *Enrienne* zusammengezogen, und einige nannten mich *Mr. Un rien.*

Das schadet mir in mancherlei literärischer Beziehung, gewährt aber auch wieder einigen Vorteil. Z. B. unter meinen edlen Landsleuten, welche nach Paris kommen, sind manche, die mich hier gern verlästern möchten, aber da sie immer meinen Namen deutsch aussprechen, so kommt es den Franzosen nicht in den Sinn, daß der Bösewicht und Unschuldbrunnenvergifter, über den so schrecklich geschimpft ward, kein anderer als ihr Freund *Monsieur Enrienne* sei, und jene edlen Seelen haben vergebens ihrem Tugendeifer die Zügel schießen lassen; sie wissen nicht, daß von mir die Rede ist, und die transrhenanische Tugend hat vergebens alle Bolzen der Verleumdung abgeschossen.

Es hat aber, wie gesagt, etwas Mißliches, wenn man unseren Namen schlecht ausspricht. Es gibt Menschen, die in solchen Fällen eine große Empfindlichkeit an den Tag legen. Ich machte mir mal den Spaß, den alten *Cherubini* zu befragen, ob es wahr sei, daß der Kaiser Napoleon seinen Namen immer wie *Scherubini* und nicht wie *Kerubini* ausgesprochen, obgleich der Kaiser des Italienischen genugsam kundig war, um zu wissen, wo das italienische ch wie ein que oder k ausgesprochen wird. Bei dieser Anfrage expektorierte sich der alte Maestro mit höchst komischer Wut.

Ich habe dergleichen nie empfunden.

Heinrich, Harry, Henri, alle diese Namen klingen gut, wenn sie von schönen Lippen gleiten. Am besten freilich klingt *Signor Enrico.* So hieß ich in jenen hellblauen, mit großen silbernen Sternen gestickten Sommernächten jenes edlen und unglücklichen Landes, das die Heimat der

Schönheit ist und Raffael Sanzio von Urbino, Joachimo Rossini und die Principessa Cristina Belgiojoso hervorgebracht hat.

Da mein körperlicher Zustand mir alle Hoffnung raubt, jemals wieder in der Gesellschaft zu leben, und letztere wirklich nicht mehr für mich existiert, so habe ich auch die Fessel jener persönlichen Eitelkeit abgestreift, die jeden behaftet, der unter den Menschen, in der sogenannten Welt, sich herumtreiben muß.

Ich kann daher jetzt mit unbefangenem Sinn von dem Mißgeschick sprechen, das mit meinem Namen »Harry« verbunden war und mir die schönsten Frühlingsjahre des Lebens vergällte und vergiftete.

Es hatte damit folgende Bewandtnis. In meiner Vaterstadt wohnte ein Mann, welcher »der Dreckmichel« hieß, weil er jeden Morgen mit einem Karren, woran ein Esel gespannt war, die Straßen der Stadt durchzog und vor jedem Hause still hielt, um den Kehricht, welchen die Mädchen in zierlichen Haufen zusammengekehrt, aufzuladen und aus der Stadt nach dem Mistfelde zu transportieren. Der Mann sah aus wie sein Gewerbe, und der Esel, welcher seinerseits wie sein Herr aussah, hielt still vor den Häusern oder setzte sich in Trab, je nachdem die Modulation war, womit der Michel ihm das Wort »Haarüh!« zurief.

War solches sein wirklicher Name oder nur ein Stichwort? Ich weiß nicht, doch so viel ist gewiß, daß ich durch die Ähnlichkeit jenes Wortes mit meinem Namen Harry außerordentlich viel Leid von Schulkameraden und Nachbarskindern auszustehen hatte. Um mich zu nergeln, sprachen sie ihn ganz so aus, wie der Dreckmichel seinen Esel rief, und ward ich darob erbost, so nahmen die Schälke manchmal eine ganz unschuldige Miene an und verlangten, um jede Verwechselung zu vermeiden, ich sollte sie lehren, wie mein Name und der des Esels ausgesprochen werden müßten, stellten sich aber dabei sehr ungelehrig, meinten, der Michel pflege die erste Silbe immer sehr langsam anzuziehen, während er die zweite Silbe immer sehr schnell abschnappen lasse; zu anderen Zeiten geschähe das Gegenteil, wodurch der Ruf wieder ganz meinem eigenen Namen gleichlaute – und indem die Buben in der unsinnigsten Weise alle Begriffe und mich mit dem Esel und wieder diesen mit mir verwechselten, gab es tolle *coq-à l'âne*, über die jeder andere lachen, aber ich selbst weinen mußte.

Als ich mich bei meiner Mutter beklagte, meinte sie, ich solle nur suchen, viel zu lernen und gescheit zu werden, und man werde mich dann nie mit einem Esel verwechseln.

Aber meine Homonymität mit dem schäbigen Langohr blieb mein Alp. Die großen Buben gingen vorbei und grüßten: »Haarüh!« Die kleinern riefen mir denselben Gruß, aber in einiger Entfernung. In der Schule ward dasselbe Thema mit raffinierter Grausamkeit ausgebeutet; wenn nur irgend von einem Esel die Rede war, schielte man nach mir, der ich immer errötete, und es ist unglaublich, wie Schulknaben überall Anzüglichkeiten hervorzuheben oder zu erfinden wissen.

Z.B. der eine frug den anderen: »Wie unterscheidet sich das Zebra von dem Esel des Barlaam, Sohn Beors?« Die Antwort lautete: »Der eine spricht zebräisch und der andere sprach hebräisch.« Dann kam die Frage: »Wie unterscheidet sich aber der Esel des Dreckmichels von seinem Namensvetter?«, und die impertinente Antwort war: »Den Unterschied wissen wir nicht.« Ich wollte dann zuschlagen, aber man beschwichtigte mich, und mein Freund Dietrich, der außerordentlich schöne Heiligenbildchen zu verfertigen wußte und auch später ein berühmter Maler wurde, suchte mich einst bei einer solchen Gelegenheit zu trösten, indem er mir ein Bild versprach. Er malte für mich einen heiligen Michael – aber der Bösewicht hatte mich schändlich verhöhnt. Der Erzengel hatte die Züge des Dreckmichels, sein Roß sah ganz aus wie dessen Esel, und statt einen Drachen durchstach die Lanze das Aas einer toten Katze.

Sogar der blondlockichte, sanfte, mädchenhafte Franz, den ich so sehr liebte, verriet mich einst: er schloß mich in seine Arme, lehnte seine Wange zärtlich an die meinige, blieb lange sentimental an meiner Brust und rief mir plötzlich ins Ohr ein lachendes Haarüh! im Davonlaufen das schnöde Wort beständig modulierend, daß es weithin durch die Kreuzgänge des Klosters widerhallte.

Noch roher behandelten mich einige Nachbarskinder, Gassenbuben jener niedrigsten Klasse, welche wir in Düsseldorf »Haluten« nannten, ein Wort, welches Etymologienjäger gewiß von den Heloten der Spartaner ableiten würden.

Ein solcher Halut war der kleine Jupp, welches Joseph heißt, und den ich auch mit seinem Vatersnamen Flader benennen will, damit er bei Leibe nicht mit dem Jupp Rörsch verwechselt werde, welcher ein ganz artiges Nachbarskind war und, wie ich zufällig erfahren, jetzt als Postbeamter in Bonn lebt. Der Jupp Flader trug immer einen langen Fischerstecken, womit er nach mir schlug, wenn er mir begegnete. Er pflegte mir auch gern Roßäpfel an den Kopf zu werfen, die er brühwarm, wie sie aus dem Backofen der Natur kamen, von der Straße aufraffte. Aber nie unterließ er dann auch das fatale Haarüh! zu rufen und zwar in allen Modulationen.

Der böse Bub war der Enkel der alten Frau Flader, welche zu den Klientinnen meines Vaters gehörte. So böse der Bub war, so gutmütig war die arme Großmutter, ein Bild der Armut und des Elends, aber nicht abstoßend, sondern nur herzzerreißend. Sie war wohl über 80 Jahre alt, eine große Schlottergestalt, ein weißes Ledergesicht mit blassen Kummeraugen, eine weiche, röchelnde, wimmernde Stimme, und bettelnd ganz ohne Phrase, was immer furchtbar klingt.

Mein Vater gab ihr immer einen Stuhl, wenn sie kam, ihr Monatsgeld abzuholen an den Tagen, wo er als Armenpfleger seine Sitzungen hielt.

Von diesen Sitzungen meines Vaters als Armenpfleger blieben mir nur diejenigen im Gedächtnis, welche im Winter stattfanden, in der Frühe des Morgens, wenn's noch dunkel war. Mein Vater saß dann an einem großen Tische, der mit Geldtüten jeder Größe bedeckt war; statt der silbernen Leuchter mit Wachskerzen, deren sich mein Vater gewöhnlich bediente, und womit er, dessen Herz so viel Takt besaß, vor der Armut nicht prunken wollte, standen jetzt auf dem Tische zwei kupferne Leuchter mit Talglichtern, die mit der roten Flamme des dicken, schwarzgebrannten Dochtes gar traurig die anwesende Gesellschaft beleuchteten.

Das waren arme Leute jedes Alters, die bis in den Vorsaal Queue machten. Einer nach dem andern kam, seine Tüte in Empfang zu nehmen, und mancher erhielt zwei; die große Tüte enthielt das Privatalmosen meines Vaters, die kleine das Geld der Armenkasse.

Ich saß auf einem hohen Stuhle neben meinem Vater und reichte ihm die Tüten. Mein Vater wollte nämlich, ich sollte lernen, wie man gibt, und in diesem Fache konnte man bei meinem Vater etwas Tüchtiges lernen.

Viele Menschen haben das Herz auf dem rechten Fleck, aber sie verstehen nicht zu geben, und es dauert lange, ehe der Wille des Herzens den Weg bis zur Tasche macht; zwischen dem guten Vorsatz und der Vollstreckung vergeht langsam die Zeit wie bei einer Postschnecke. Zwischen dem Herzen meines Vaters und seiner Tasche war gleichsam schon eine Eisenbahn eingerichtet. Daß er durch die Aktionen solcher Eisenbahn nicht reich wurde, versteht sich von selbst. Bei der Nord- oder Lyon-Bahn ist mehr verdient worden.

Die meisten Klienten meines Vaters waren Frauen und zwar alte, und auch in späteren Zeiten, selbst damals, als seine Umstände sehr unglänzend zu sein begannen, hatte er eine solche Klientel von bejahrten Weibspersonen, denen er kleine Pensionen verabreichte. Sie standen überall auf der Lauer, wo sein Weg ihn vorüberführen mußte, und er hatte solchermaßen eine geheime Leibwache von alten Weibern wie einst der selige Robespierre.

Unter dieser altergrauen Garde war manche Vettel, die durchaus nicht aus Dürftigkeit ihm nachlief, sondern aus wahrem Wohlgefallen an seiner Person, an seiner freundlichen und immer liebreichen Erscheinung.

Er war ja die Artigkeit in Person, nicht bloß den jungen, sondern auch den älteren Frauen gegenüber, und die alten Weiber, die so grausam sich zeigen, wenn sie verletzt werden, sind die dankbarste Nation, wenn man ihnen einige Aufmerksamkeit und Zuvorkommenheit erwiesen, und wer in Schmeicheleien bezahlt sein will, der findet in ihnen Personen, die nicht knickern, während die jungen schnippischen Dinger uns für alle unsere Zuvorkommenheiten kaum eines Kopfnickens würdigen.

Da nun für schöne Männer, deren Spezialität drin besteht, daß sie schöne Männer sind, die Schmeichelei ein großes Bedürfnis ist und es ihnen dabei gleichgültig ist, ob der Weihrauch aus einem rosichten oder welken Munde kommt, wenn er nur stark und reichlich hervorquillt, so begreift man, wie mein teurer Vater, ohne eben darauf spekuliert zu haben, dennoch in seinem Verkehr mit den alten Damen ein gutes Geschäft machte.

Es ist unbegreiflich, wie groß oft die Dosis Weihrauch war, mit welcher sie ihn eindampften, und wie gut er die stärkste Portion vertragen konnte. Das war sein glückliches Temperament, durchaus nicht Einfalt. Er wußte sehr wohl, daß man ihm schmeichle, aber er wußte auch, daß Schmeichelei wie Zucker immer süß ist, und er war wie das Kind, welches zu der Mutter sagt: schmeichle mir ein bißchen, sogar ein bißchen zu viel.

Das Verhältnis meines Vaters zu den besagten Frauen hatte aber noch außerdem einen ernsteren Grund. Er war nämlich ihr Ratgeber, und es ist merkwürdig, daß dieser Mann, der sich selber so schlecht zu raten wußte, dennoch die Lebensklugheit selbst war, wenn es galt, anderen in mißlichen Vorfallenheiten einen guten Rat zu erteilen. Er durchschaute dann gleich die Position, und wenn die betrübte Klientin ihm auseinandergesetzt, wie es ihr in ihrem Gewerbe immer schlimmer gehe, so tat er am Ende einen Ausspruch, den ich so oft, wenn alles schlecht ging, aus seinem Munde hörte, nämlich: »in diesem Falle muß man ein neues Fäßchen anstechen.« Er wollte damit anraten, daß man nicht in einer verlorenen Sache eigensinnig ferner beharren, sondern etwas Neues beginnen, eine neue Richtung einschlagen müsse. Man muß dem alten Faß, woraus nur saurer Wein und nur sparsam tröpfelt, lieber gleich den Boden ausschlagen und »ein neues Fäßchen anstechen!« Aber statt dessen legt man sich faul mit offenem Mund unter das trockene Spundloch und hofft auf süßeres und reichlicheres Rinnen.

Als die alte Hanne meinem Vater klagte, daß ihre Kundschaft abgenommen und sie nichts mehr zu brocken und, was für sie noch empfindlicher, nichts mehr zu schlucken habe, gab er ihr erst einen Taler, und dann sann er nach. Die alte Hanne war früher eine der vornehmsten Hebammen, aber in späteren Jahren ergab sie sich etwas dem Trinken und besonders dem Tabakschnupfen; da in ihrer roten Nase immer Tauwetter war und der Tropfenfall die weißen Bettücher der Wöchnerinnen sehr verbräunte, so ward die Frau überall abgeschafft.

Nachdem mein Vater nun reiflich nachgedacht, sagte er endlich: »Da muß man ein neues Fäßchen anstechen, und diesmal muß es ein Branntweinfäßchen sein; ich rate Euch, in einer etwas vornehmen, von Matrosen besuchten Straße am Hafen einen kleinen Likörladen zu eröffnen, ein Schnapslädchen.«

Die Exhebamme folgte diesem Rat, sie etablierte sich mit einer Schnapsboutique am Hafen, machte gute Geschäfte, und sie hätte gewiß ein Vermögen erworben, wenn nicht unglücklicherweise sie selbst ihre beste Kunde gewesen wäre. Sie verkaufte auch Tabak, und ich sah sie oft vor ihrem Laden stehen mit ihrer rot aufgedunsenen Schnupftabaksnase, eine lebende Reklame, die manchen gefühlvollen Seemann anlockte.

Zu den schönen Eigenschaften meines Vaters gehörte vorzüglich seine große Höflichkeit, die er, als ein wahrhaft vornehmer Mann, ebensosehr gegen Arme wie gegen Reiche ausübte. Ich bemerkte dieses besonders in den oberwähnten Sitzungen, wo er, den armen Leuten ihre Geldtüte verabreichend, ihnen immer einige höfliche Worte sagte.

Ich konnte da etwas lernen, und in der Tat, mancher berühmte Wohltäter, der den armen Leuten immer die Tüte an den Kopf warf, daß man mit jedem Taler auch ein Loch in den Kopf bekam, hätte hier bei meinem höflichen Vater etwas lernen können. Er befragte die meisten armen Weiber nach ihrem Befinden, und er war so gewohnt an die Redeformel »ich habe die Ehre«, daß er sie auch anwandte, wenn er mancher Vettel, die etwa unzufrieden und patzig, die Türe zeigte.

Gegen die alte Flader war er am höflichsten, und er bot ihr immer einen Stuhl. Sie war auch wirklich so schlecht auf den Beinen und konnte mit ihrer Handkrücke kaum forthumpeln.

Als sie zum letztenmal zu meinem Vater kam, um ihr Monatsgeld abzuholen, war sie so zusammenfallend, daß ihr Enkel, der Jupp, sie führen mußte. Dieser warf mir einen sonderbaren Blick zu, als er mich an dem Tische neben meinem Vater sitzen sah. Die Alte erhielt außer der kleinen Tüte auch noch eine ganz große Privattüte von meinem Vater, und sie ergoß sich in einen Strom von Segenswünschen und Tränen.

Es ist fürchterlich, wenn eine alte Großmutter so stark

weint. Ich hätte selbst weinen können, und die alte Frau mochte es mir wohl anmerken. Sie konnte nicht genug rühmen, welch ein hübsches Kind ich sei, und sie sagte, sie wollte die Mutter Gottes bitten, dafür zu sorgen, daß ich niemals im Leben Hunger leiden und bei den Leuten betteln müsse.

Mein Vater ward über diese Worte etwas verdrießlich, aber die Alte meinte es ehrlich; es lag in ihrem Blick etwas so Geisterhaftes, aber zugleich Frömmiges und Liebreiches, und sie sagte zuletzt zu ihrem Enkel: »Geh, Jupp, und küsse dem lieben Kinde die Hand.« Der Jupp schnitt eine säuerliche Grimasse, aber er gehorchte dem Befehl der Großmutter; ich fühlte auf meiner Hand seine brennenden Lippen wie den Stich einer Viper. Schwerlich konnte ich sagen warum, aber ich zog aus der Tasche alle meine Fettmännchen und gab sie dem Jupp, der mit einem roh blöden Gesicht sie Stück vor Stück zählte und endlich ganz gelassen in die Tasche seiner Bux steckte.

Zur Belehrung des Lesers bemerke ich, daß »Fettmännchen« der Name einer fettigdicken Kupfermünze ist, die ungefähr einen Sou wert ist.

[Die alte Flader ist bald darauf gestorben, aber der Jupp ist gewiß noch am Leben, wenn er nicht seitdem gehenkt worden ist. –] Der böse Bube, der Jupp, blieb unverändert. Schon den andern Tag nach unserer Entrevue bei meinem Vater begegnete ich ihm auf der Straße. Er ging mit seiner wohlbekannten langen Fischerrute. Er schlug mich wieder mit diesem Stecken, warf auch wieder nach mir mit einigen Roßäpfeln und schrie wieder das fatale »Haarüh« und zwar so laut und die Stimme des Dreckmichels so treu nachahmend, daß der Esel desselben, der sich mit dem Karren zufällig in einer Nebengasse befand, den Ruf seines Herrn zu vernehmen glaubte und ein fröhlich wieherndes I-A erschallen ließ.

Was die alte Flader, die Großmutter des Jupp, betrifft, so ist sie bald darauf gestorben und zwar im Rufe einer Hexe, was sie gewiß nicht war, obgleich unsere Zippel steif und fest das Gegenteil behauptete.

Zippel war der Name einer noch nicht sehr alten Person, welche eigentlich Sibille hieß, meine erste Wärterin war und auch später im Hause blieb. Sie befand sich zufällig im Zimmer am Morgen der erwähnten Szene, wo die alte Flader mir so viele Lobsprüche erteilte und die Schönheit des Kindes bewunderte. Als die Zippel diese Worte hörte, erwachte in ihr der alte Volkswahn, daß es den Kindern schädlich sei, wenn sie solchermaßen gelobt werden, daß sie dadurch erkranken oder von einem Übel befallen würden, und um das Übel abzuwenden, womit sie mich bedroht glaubte, nahm sie ihre Zuflucht zu dem vom Volksglauben als probat empfohlenen Mittel, welches darin besteht, daß man das gelobte Kind dreimal anspucken muß. Sie kam auch gleich auf mich zugesprungen und spuckte mir hastig dreimal auf den Kopf.

Doch dieses war erst ein provisorisches Bespeien, denn die Wissenden behaupten, wenn die bedenkliche Lobspende von einer Hexe gemacht worden, so könne der böse Zauber nur durch eine Person gebrochen werden, die ebenfalls eine Hexe, und so entschloß sich die Zippel, noch denselben Tag zu einer Frau zu gehen, die ihr als Hexe bekannt war und ihr auch, wie ich später erfahren, manche Dienste durch ihre geheimnisvolle und verbotene Kunst geleistet hatte. Diese Hexe bestrich mir mit ihrem Daumen, den sie mit Speichel angefeuchtet, den Scheitel des Hauptes, wo sie einige Haare abgeschnitten; auch andere Stellen bestrich sie solchermaßen, während sie allerlei Abrakadabra-Unsinn dabei murmelte, und so ward ich vielleicht schon frühe zum Teufelspriester ordiniert.

Jedenfalls hat diese Frau, deren Bekanntschaft mir seitdem verblieb, mich späterhin, als ich schon erwachsen, in die geheime Kunst iniziiert.

Ich bin zwar selbst kein Hexenmeister geworden, aber ich weiß, wie gehext wird, und besonders weiß ich, was keine Hexerei ist.

Jene Frau nannte man die Meisterin oder auch die Göchin, weil sie aus Goch gebürtig war, wo auch ihr verstorbener Gatte, der das verrufene Gewerbe eines Scharfrichters trieb, sein Domizil hatte und von nah und fern zu Amtsverrichtungen gerufen wurde. Man wußte, daß er seiner Witwe mancherlei Arkana hinterlassen, und diese verstand es, diesen Ruf auszubeuten.

Ihre besten Kunden waren Bierwirte, denen sie die Totenfinger verkaufte, die sie noch aus der Verlassenschaft ihres Mannes zu besitzen vorgab. Das sind Finger eines gehenkten Diebes, und sie dienen dazu, das Bier im Fasse wohlschmeckend zu machen und zu vermehren. Wenn man nämlich den Finger eines Gehenkten, zumal eines unschuldig Gehenkten, an einem Bindfaden befestigt im Fasse hinabhängen läßt, so wird das Bier dadurch nicht bloß wohlschmeckender, sondern man kann aus besagtem Fasse doppelt, ja vierfach so viel zapfen wie aus einem gewöhnlichen Fasse von gleicher Größe. Aufgeklärte Bierwirte pflegen ein rationaleres Mittel anzuwenden, um das Bier zu vermehren, aber es verliert dadurch an Stärke.

Auch von jungen Leuten zärtlichen Herzens hatte die Meisterin viel Zuspruch, und sie versah sie mit Liebestränken, denen sie in ihrer charlatanischen Latinitätswut, wo sie das Latein noch lateinischer klingen lassen wollte, den Namen eines Philtrariums erteilte; den Mann, der den Trank seiner Schönen eingab, nannte sie den Philtrarius, und die Dame hieß dann die Philtrariata.

Es geschah zuweilen, daß das Philtrarium seine Wirkung verfehlte oder gar eine entgegengesetzte hervorbrachte; so hatte z. B. ein ungeliebter Bursche, der seine spröde Schöne beschwatzt hatte, mit ihm eine Flasche Wein zu trinken, ein Philtrarium unversehens in ihr Glas gegossen, und er bemerkte auch in dem Benehmen seiner Philtrariata, sobald sie getrunken hatte, eine seltsame Veränderung, eine gewisse Benautigkeit, die er für den Durchbruch einer Liebesbrunst hielt, und sich dem großen Momente nahe glaubte – aber ach! als er die Errötende jetzt gewaltsam in seine Arme schloß, drang ihm ein Duft in die Nase, der nicht zu den Parfümerien Amors gehört, er merkte, daß das Philtrarium vielmehr als ein Laxarium agierte, und seine Leidenschaft ward dadurch gar widerwärtig abgekühlt.

Die Meisterin rettete den Ruf ihrer Kunst, indem sie behauptete, den unglücklichen Philtrarius mißverstanden und geglaubt zu haben, er wolle von seiner Liebe geheilt sein. Besser als ihre Liebestränke waren die Ratschläge, womit die Meisterin ihre Philtrarien begleitete; sie riet nämlich, immer etwas Gold in der Tasche zu tragen, indem Gold sehr gesund sei und besonders dem Liebenden Glück bringe. Wer erinnert sich nicht hier an des ehrlichen Jagos Worte im »Othello«, wenn er dem verliebten Rodrigo sagt: »Take money in your pocket!«

Mit dieser großen Meisterin stand nun unsere Zippel in intimer Bekanntschaft, und wenn es jetzt nicht eben mehr Liebestränke waren, die sie hier kaufte, so nahm sie doch die Kunst der Göchin manchmal in Anspruch, wenn es galt, an einer beglückten Nebenbuhlerin, die ihren eigenen ehemaligen Schatz heuratete, sich zu rächen, indem sie ihr Unfruchtbarkeit oder dem Ungetreuen die schnödeste Entmannung anhexen ließ. Das Unfruchtbarmachen geschah durch Nestelknüpfen; das ist sehr leicht, man begibt sich in die Kirche, wo die Trauung der Brautleute stattfindet, und in dem Augenblick, wo der Priester über dieselben die Trauungsformel ausspricht, läßt man ein eisernes Schloß, welches man unter der Schürze verborgen hielt, schnell zuklappen; so wie jenes Schloß, verschließt sich auch jetzt der Schoß der Neuvermählten.

Die Zeremonien, welche bei der Entmannung beobachtet werden, sind so schmutzig und haarsträubend grauenhaft, daß ich sie unmöglich mitteilen kann. Genug, der Patient wird nicht im gewöhnlichen Sinne unfähig gemacht, sondern in der wahren Bedeutung des Wortes seiner Geschlechtlichkeit beraubt, und die Hexe, welche im Besitze des Raubes bleibt, bewahrt folgendermaßen dieses *corpus delicti,* dieses Ding ohne Namen, welches sie auch kurzweg »das Ding« nennt; die lateinsüchtige Göcherin nannte es immer einen *Numen Pompilius,* wahrscheinlich eine Reminiszenz an König Numa, den weisen Gesetzgeber, den Schüler der Nymphe Egeria, der gewiß nie geahnt, wie schändlich sein ehrlicher Namen einst mißbraucht würde.

Die Hexe verfährt nun wie folgt: Das Ding, dessen sie sich bemächtigt, legt sie in ein leeres Vogelnest und befestigt dasselbe ganz hoch zwischen den belaubten Zweigen eines Baumes; auch die Dinger, die sie später ihren Eigentümern entwenden konnte, legt sie in dasselbe Vogelnest, doch so, daß nie mehr als ein halb Dutzend darin zu liegen kommen. Im Anfang sind die Dinger sehr kränklich und miserabel, vielleicht durch Emotion und Heimweh, aber die frische Luft stärkt sie, und sie geben Laute von sich wie das Zirpen von Zikaden. Die Vögel, die den Baum umflattern, werden davon getäuscht und meinen, es seien noch unbefiederte Vögel, und aus Barmherzigkeit kommen sie mit Speise in ihren Schnäblein, um die mutterlosen Waisen zu füttern, was diese sich wohl gefallen lassen, so daß sie dadurch erstarken, ganz fett und gesund werden, und nicht mehr leise zirpen, sondern laut zwitschern. Drob freut sich nun die Hexe, und in kühlen Sommernächten, wenn der Mond recht deutschsentimental herunterscheint, setzt sich die Hexe unter den Baum, horchend dem Gesang der Dinger, die sie dann ihre süßen Nachtigallen nennt.

Sprenger in seinem »Hexenhammer«, *malleus maleficarum,* erwähnt auch diese Verruchtheiten der Unholdinnen in Bezug auf obige Zauberei; und ein alter Autor, den Scheible in seinem »Kloster« zitiert, und dessen Name mir entfallen, erzählt, wie die Hexen oft gezwungen werden, ihre Beute den Entmannten zurückzugeben.

Die Hexe begeht den Mannheitsdiebstahl aber meistens in der Absicht, von den Entmannten durch die Restitution ein sogenanntes Kostgeld zu erpressen. Bei dieser Zurückgabe des entwendeten Gegenstands gibt es zuweilen Verwechselungen und *qui pro quos,* die sehr ergötzlicher Art, und ich kenne die Geschichte eines Domherrn, dem ein falscher *Numa Pompilius* zurückgeliefert ward, der, wie die Haushälterin des geistlichen Herrn, seine Nymphe Egeria, behauptete, eher einem Türken als einem Christenmenschen angehört haben mußte.

Als einst ein solcher Entmannter auf Restitution drang, befahl ihm die Hexe, eine Leiter zu nehmen und ihr in den Garten zu folgen, dort auf den vierten Baum hinaufzusteigen und in einem Vogelnest, das er hier befestigt fände, das verlorene Gut wieder herauszusuchen. Der arme Mensch befolgte die Instruktion, hörte aber, wie die Hexe ihm lachend zurief: »Ihr habt eine zu große Meinung von Euch. Ihr irrt Euch, was Ihr da herausgezogen, gehört einem sehr großen geistlichen Herrn, und ich käme in die größte Schererei, wenn es mir abhanden käme.«

Es war aber wahrlich nicht die Hexerei, was mich zuweilen zur Göcherin trieb.

Ich unterhielt die Bekanntschaft mit der Göcherin, und ich mochte wohl schon in einem Alter von 16 Jahren sein, als ich öfter als früher nach ihrer Wohnung ging, hingezogen von einer Hexerei, die stärker war als alle ihre lateinisch bombastischen Philtraria. Sie hatte nämlich eine Nichte, welche ebenfalls kaum 16 Jahr alt war, aber, plötzlich aufgeschossen zu einer hohen, schlanken Gestalt, viel älter zu sein schien. Das plötzliche Wachstum war auch Schuld, daß sie äußerst mager war. Sie hatte jene enge Taille, welche wir bei den Quarteronen in Westindien bemerken, und da sie kein Korsett und kein Dutzend Unterröcke trug, so glich ihre eng anliegende Kleidung dem nassen Gewand einer Statue. Keine marmorne Statue konnte freilich mit ihr an Schönheit wetteifern, da sie das Leben selbst und jede Bewegung die Rhythmen ihres Leibes, ich möchte sagen sogar die Musik ihrer Seele offenbarte. Keine von den Töchtern der Niobe hatte ein edler geschnittenes Gesicht; die Farbe desselben wie ihre Haut überhaupt war von einer etwas wächsernen Weiße. Ihre großen tiefdunklen Augen sahen aus, als hätten sie ein Rätsel aufgegeben und warteten ruhig auf die Lösung, während der Mund mit den schmalen, hochaufgeschürzten Lippen und den kreideweißen, etwas länglichen Zähnen zu sagen schien: du bist zu dumm und wirst vergebens raten.

Ihr Haar war rot, ganz blutrot und hing in langen Locken bis über ihre Schultern hinab, so daß sie dasselbe unter dem Kinn zusammenbinden konnte, das gab ihr aber das Aussehen, als habe man ihr den Hals abgeschnitten, und in roten Strömen quölle daraus hervor das Blut.

Die Stimme der Josepha oder des roten »Sefchen«, wie man die schöne Nichte der Göcherin nannte, war nicht besonders wohllautend, und ihr Sprachorgan war manchmal bis zur Klanglosigkeit verschleiert; doch plötzlich, wenn die Leidenschaft eintrat, brach der metallreichste Ton hervor, der mich ganz besonders durch den Umstand ergriff, daß die Stimme der Josepha mit der meinigen eine so große Ähnlichkeit hatte.

Wenn sie sprach, erschrak ich zuweilen und glaubte, mich selbst sprechen zu hören, und auch ihr Gesang erinnerte mich an Träume, wo ich mich selber mit derselben Art und Weise singen hörte.

Sie wußte viele alte Volkslieder und hat vielleicht bei mir den Sinn für diese Gattung geweckt, wie sie gewiß den größten Einfluß auf den erwachenden Poeten übte, so daß meine ersten Gedichte, die »Traumbilder«, die ich bald darauf schrieb, ein düstres und grausames Kolorit haben, wie das Verhältnis, das damals seine blutrünstigen Schatten in mein junges Leben und Denken warf.

Unter den Liedern, die Josepha sang, war ein Volkslied, das sie von der Zippel gelernt, und welches diese auch mir in meiner Kindheit oft vorgesungen, so daß ich zwei Strophen im Gedächtnis behielt, die ich um so lieber hier mitteilen will, da ich das Gedicht in keiner der vorhandenen Volksliedersammlungen fand. Sie lauten folgendermaßen, und zuerst spricht der böse Tragig:

»Otilje lieb, Otilje mein,
Du wirst wohl nicht die letzte sein –
Sprich, willst du hängen am hohen Baum?
Oder willst du schwimmen im blauen See?
Oder willst du küssen das blanke Schwert,
Was der liebe Gott beschert?«

Hierauf antwortet Otilje:

»Ich will nicht hängen am hohen Baum,
Ich will nicht schwimmen im blauen See,
Ich will küssen das blanke Schwert,
Was der liebe Gott beschert!«

Als das rote Sefchen einst das Lied singend an das Ende dieser Strophe kam und ich ihr die innere Bewegung abmerkte, ward auch ich so erschüttert, daß ich in ein plötzliches Weinen ausbrach, und wir fielen uns beide schluchzend in die Arme, sprachen kein Wort, wohl eine Stunde lang, während uns die Tränen aus den Augen rannen und wir uns wie durch einen Tränenschleier ansahen.

Ich bat Sefchen, mir jene Strophen aufzuschreiben, und sie tat es, aber sie schrieb sie nicht mit Tinte, sondern mit ihrem Blute; das rote Autograph kam mir später abhanden, doch die Strophen blieben mir unauslöschlich im Gedächtnis.

Der Mann der Göchin war der Bruder von Sefchens Vater, welcher ebenfalls Scharfrichter war, doch da derselbe früh starb, nahm die Göchin das kleine Kind zu sich. Aber als bald darauf ihr Mann starb und sie sich in Düsseldorf ansiedelte, übergab sie das Kind dem Großvater, welcher ebenfalls Scharfrichter war und im Westfälischen wohnte.

Hier, in dem »Freihaus«, wie man die Scharfrichterei zu nennen pflegt, verharrte Sefchen bis zu ihrem vierzehnten Jahre, wo der Großvater starb und die Göchin die ganz Verwaiste wieder zu sich nahm.

Durch die Unehrlichkeit ihrer Geburt führte Sefchen von ihrer Kindheit bis ins Jungfrauenalter ein vereinsamtes Leben, und gar auf dem Freihof ihres Großvaters war sie von allem gesellschaftlichen Umgang abgeschieden. Daher ihre Menschenscheu, ihr sensitives Zusammenzucken vor jeder fremden Berührung, ihr geheimnisvolles Hinträumen, verbunden mit dem störrigsten Trutz, mit der patzigsten Halsstarrigkeit und Wildheit.

Sonderbar! sogar in ihren Träumen, wie sie mir einst gestand, lebte sie nicht mit Menschen, sondern sie träumte immer nur von Tieren.

In der Einsamkeit der Scharfrichterei konnte sie sich nur mit den alten Büchern des Großvaters beschäftigen, welcher letztere ihr zwar Lesen und Schreiben selbst lehrte, aber doch äußerst wortkarg war.

Manchmal war er mit seinen Knechten auf mehrere Tage abwesend, und das Kind blieb dann allein im Freihaus, welches nahe am Hochgericht in einer waldigen

Gegend sehr einsam gelegen war. Zu Hause blieben nur drei alte Weiber mit greisen Wackelköpfen, die beständig ihre Spinnräder schnurren ließen, hüstelten, sich zankten und viel Branntewein tranken.

Besonders in Winternächten, wo der Wind draußen die alten Eichen schüttelte und der große flackernde Kamin so sonderbar heulte, ward es dem armen Sefchen sehr unheimlich im einsamen Hause; denn alsdann fürchtete man auch den Besuch der Diebe, nicht der lebenden, sondern der toten, der gehenkten, die vom Galgen sich losgerissen und an die niedren Fensterscheiben des Hauses klopften und Einlaß verlangten, um sich ein bißchen zu wärmen. Sie schneiden so jämmerlich verfrorene Grimassen. Man kann sie nur dadurch verscheuchen, daß man aus der Eisenkammer ein Richtschwert holt und ihnen damit droht; alsdann huschen sie wie ein Wirbelwind von dannen.

Manchmal lockt sie nicht bloß das Feuer des Herdes, sondern auch die Absicht, die ihnen vom Scharfrichter gestohlenen Finger wieder zu stehlen. Hat man die Tür nicht hinlänglich verriegelt, so treibt sie auch noch im Tode das alte Diebesgelüste, und sie stehlen die Laken aus den Schränken und Betten. Eine von den alten Frauen, die einst einen solchen Diebstahl noch zeitig bemerkte, lief dem toten Diebe nach, der im Winde das Laken flattern ließ, und einen Zipfel erfassend, entriß sie ihm den Raub, als er den Galgen erreicht hatte und sich auf das Gebälke desselben flüchten wollte.

Nur an Tagen, wo der Großvater sich zu einer großen Hinrichtung anschickte, kamen aus der Nachbarschaft die Kollegen zum Besuche, und dann wurde gesotten, gebraten, geschmaust, getrunken, wenig gesprochen und gar nicht gesungen. Man trank aus silbernen Bechern, statt daß den unehrlichen Freimeistern oder gar seinen Freiknechten in den Wirtshäusern, wo sie einkehrten, nur eine Kanne mit hölzernem Deckel gereicht wurde, während man allen anderen Gästen aus Kannen mit zinnernen Deckeln zu trinken gab. An manchen Orten wird das Glas zerbrochen, woraus der Scharfrichter getrunken; niemand spricht mit ihm, jeder vermeidet die geringste Berührung. Diese Schmach ruht auf seiner ganzen Sippschaft, weshalb auch die Scharfrichterfamilien nur unter einander heiraten.

Als Sefchen, wie sie mir erzählte, schon 8 Jahr alt war, kamen an einem schönen Herbsttage eine ungewöhnliche Anzahl von Gästen aufs Gehöft des Großvaters, obgleich eben keine Hinrichtung oder sonstige peinliche Amtspflicht zu vollstrecken stand. Es waren ihrer wohl über ein Dutzend, fast alle sehr alte Männchen mit eisgrauen oder kahlen Köpfchen, die unter ihren langen roten Mänteln ihr Richtschwert und ihre sonntäglichsten, aber ganz altfränkischen Kleider trugen. Sie kamen, wie sie sagten, um zu »tagen«, und was Küche und Keller am Kostbarsten besaß, ward ihnen beim Mittagsmahl aufgetischt.

Es waren die ältesten Scharfrichter aus den entferntesten Gegenden, hatten einander lange nicht gesehen, schüttelten sich unaufhörlich die Hände, sprachen wenig und oft in einer geheimnisvollen Zeichensprache und amüsierten sich in ihrer Weise, das heißt »moult tristement«, wie Froissart von den Engländern sagte, die nach der Schlacht bei Poitiers bankettierten.

Als die Nacht hereinbrach, schickte der Hausherr seine Knechte aus dem Hause, befahl der alten Schaffnerin, aus dem Keller drei Dutzend Flaschen seines besten Rheinweins zu holen und auf den Steintisch zu stellen, der draußen vor den großen, einen Halbkreis bildenden Eichen stand; auch die Eisenleuchter für die Kienlichter befahl er dort aufzustellen, und endlich schickte er die Alte nebst den zwei anderen Vetteln mit einem Vorwande aus dem Hause. Sogar an des Hofhundes kleinem Stall, wo die Planken eine Öffnung ließen, verstopfte er dieselben mit einer Pferdedecke; der Hund ward sorgsam angekettet.

Das rote Sefchen ließ der Großvater im Hause, er gab ihr den Auftrag, den großen silbernen Pokal, worauf die Meergötter mit ihren Delphinen und Muscheltrompeten abgebildet, rein auszuschwenken und auf den erwähnten Steintisch zu stellen, – dann aber, setzte er mit Befangenheit hinzu, solle sie sich unverzüglich in ihrem Schlafkämmerlein zu Bette begeben.

Den Neptunspokal hat das rote Sefchen ganz gehorsamlich ausgeschwenkt und auf den Steintisch zu den Weinflaschen gestellt, aber zu Bette ging sie nicht, und von Neugier getrieben verbarg sie sich hinter einem Gebüsche nahe bei den Eichen, wo sie zwar wenig hören, jedoch alles genau sehen konnte, was vorging.

Die fremden Männer mit dem Großvater an ihrer Spitze kamen feierlich paarweis herangeschritten und setzten sich auf hohen Holzblöcken im Halbkreis um den Steintisch, wo die Harzlichter angezündet worden und ihre ernsthaften, steinharten Gesichter gar grauenhaft beleuchteten.

Sie saßen lange schweigend oder vielmehr in sich hineinmurmelnd, vielleicht betend. Dann goß der Großvater den Pokal voll Wein, den jeder nun austrank und mit wieder neu eingeschenktem Wein seinem Nachbar zustellte; nach jedem Trunk schüttelte man sich auch biderbe die Hände.

Endlich hielt der Großvater eine Anrede, wovon das Sefchen wenig hören konnte und gar nichts verstand, die aber sehr traurige Gegenstände zu behandeln schien, da große Tränen aus des alten Mannes Augen herabtropften und auch die andren alten Männer bitterlich zu weinen anfingen, was ein entsetzlicher Anblick war, da diese Leute sonst so hart und verwittert aussahen wie die grauen Steinfiguren vor einem Kirchenportal – und jetzt schossen Tränen aus den stieren Steinaugen, und sie schluchzten wie die Kinder.

Der Mond sah dabei so melancholisch aus seinen Nebelschleiern am sternlosen Himmel, daß der kleinen Lauscherin das Herz brechen wollte vor Mitleid. Besonders rührte sie der Kummer eines kleinen alten Mannes, der heftiger als die andren weinte und so laut jammerte, daß sie ganz gut einige seiner Worte vernahm – er rief unaufhörlich: »O Gott! O Gott! das Unglück dauert schon so lange, das kann eine menschliche Seele nicht länger tragen. O Gott, du bist ungerecht, ja ungerecht.« – Seine Genossen schienen ihn nur mit großer Mühe beschwichtigen zu können.

Endlich erhob sich wieder die Versammlung von ihren Sitzen, sie warfen ihre roten Mäntel ab, und, jeder sein Richtschwert unterm Arm haltend, je zwei und zwei begaben sie sich hinter einen Baum, wo schon ein eiserner Spaten bereit stand, und mit diesem Spaten schaufelte einer von ihnen in wenigen Augenblicken eine tiefe Grube. Jetzt trat Sefchens Großvater heran, welcher seinen roten Mantel nicht wie die andern abgelegt hatte, und langte darunter ein weißes Paket hervor, welches sehr schmal, aber über eine Brabanter Elle lang sein mochte und mit einem Bettlaken umwickelt war; er legte dasselbe sorgsam in die offene Grube, die er mit großer Hast wieder zudeckte.

Das arme Sefchen konnte es in seinem Versteck nicht länger aushalten; bei dem Anblick jenes geheimnisvollen Begräbnisses sträubten sich ihre Haare, das arme Kind trieb die Seelenangst von dannen, sie eilte in ihr Schlafkämmerlein, barg sich unter die Decke und schlief ein.

Am anderen Morgen erschien dem Sefchen alles wie ein Traum, aber da sie hinter dem bekannten Baum den aufgefrischten Boden sah, merkte sie wohl, daß alles Wirklichkeit war. Sie grübelte lange darüber nach, was dort wohl vergraben sein mochte – ein Kind? ein Tier? ein Schatz? Sie sagte aber niemandem ein Sterbenswort von dem nächtlichen Begebnis, und da die Jahre vergingen, trat dasselbe in den Hintergrund ihres Gedächtnisses.

Erst fünf Jahre später, als der Großvater gestorben und die Göcherin kam, um das Mädchen nach Düsseldorf abzuholen, wagte dasselbe der Muhme ihr Herz zu öffnen. Diese aber war über die seltsame Geschichte weder erschrocken noch verwundert, sondern höchlich erfreut, und sie sagte, daß weder ein Kind, noch eine Katze, noch ein Schatz in der Grube verborgen läge, wohl aber das alte Richtschwert des Großvaters, womit derselbe hundert armen Sündern den Kopf abgeschlagen habe. Nun sei es aber Brauch und Sitte der Scharfrichter, daß sie ein Schwert, womit hundertmal das hochnotpeinliche Amt verrichtet worden, nicht länger behalten oder gar benutzen; denn ein solches Richtschwert sei nicht wie andere

Schwerter, es habe mit der Zeit ein heimliches Bewußtsein bekommen und bedürfe am Ende der Ruhe im Grabe wie ein Mensch.

Auch werden solche Schwerter, meinen viele, durch das viele Blutvergießen zuletzt zu grausam und sie lechzten manchmal nach Blut, und oft um Mitternacht könne man deutlich hören, wie sie im Schranke, wo sie aufgehenkt sind, leidenschaftlich rasseln und rumoren; ja, einige werden so tückisch und boshaft ganz wie unsereins und betören den Unglücklichen, der sie in Händen hat, so sehr, daß er die besten Freunde damit verwundet. So habe mal in der Göcherin eigenen Familie ein Bruder den andern mit einem solchen Schwerte erstochen.

Nichtsdestoweniger gestand die Göcherin, daß man mit einem solchen Hundertmordschwert die kostbarsten Zauberstücke verrichten könne, und noch in derselben Nacht hatte sie nichts Eiligeres zu tun, als an dem bezeichneten Baum das verscharrte Richtschwert auszugraben, und sie verwahrte es seitdem, unter anderem Zaubergerät, in ihrer Rumpelkammer.

Als sie einst nicht zu Hause war, bat ich Sefchen, mir jene Kuriosität zu zeigen. Sie ließ sich nicht lange bitten, ging in die besagte Kammer und trat gleich daraus hervor mit einem ungeheuren Schwerte, das sie trotz ihrer schmächtigen Arme sehr kräftig schwang, während sie schalkhaft drohend die Worte sang:

»Willst du küssen das blanke Schwert,
Das der liebe Gott beschert?«

Ich antwortete darauf in derselben Tonart: »Ich will nicht küssen das blanke Schwert – ich will das rote Sefchen küssen!« und da sie aus Furcht, mich mit dem fatalen Stahl zu verletzen, nicht zur Gegenwehr setzen konnte, mußte sie es geschehen lassen, daß ich mit großer Herzhaftigkeit die feinen Hüften umschlang und die trutzigen Lippen küßte. Ja, trotz dem Richtschwert, womit schon hundert arme Schelme geköpft worden, und trotz der Infamia, womit jede Berührung des unehrlichen Geschlechtes jeden behaftet, küßte ich die schöne Scharfrichterstochter. Ich küßte sie nicht bloß aus zärtlicher Neigung, sondern auch aus Hohn gegen die alte Gesellschaft und alle ihre dunklen Vorurteile, und in diesem Augenblicke loderten in mir auf die ersten Flammen jener zwei Passionen, welchen mein späteres Leben gewidmet blieb, die Liebe für schöne Frauen und die Liebe für die französische Revolution, den modernen *furor francese,* wovon auch ich ergriffen ward im Kampf mit den Landsknechten des Mittelalters!

Ich will meine Liebe für Josepha nicht näher beschreiben. So viel aber will ich gestehen, daß sie doch nur ein Präludium war, welches den großen Tragödien meiner reiferen Periode voranging. So schwärmt Romeo erst für Rosalinde, ehe er seine Julia sieht.

In der Liebe gibt es ebenfalls, wie in der römisch-katholischen Religion, ein provisorisches Fegfeuer, in welchem man sich erst an das Gebratenwerden gewöhnen soll, ehe man in die wirkliche ewige Hölle gerät – Hölle? Darf man der Liebe mit solcher Unart erwähnen? Nun, wenn ihr wollt, will ich sie auch mit dem Himmel vergleichen. Leider ist in der Liebe nie genau zu ermitteln, wo sie anfängt, mit der Hölle oder mit dem Himmel die größte Ähnlichkeit zu bieten, so wie man auch nicht weiß, ob nicht die Engel, die uns darin begegnen, etwa verkappte Teufel sind, oder ob die Teufel dort nicht manchmal verkappte Engel sein mögen. –

Aufrichtig gesagt: welche schreckliche Krankheit ist die Frauenliebe! Da hilft keine Inokulation, wie wir leider gesehen. Sehr gescheute und erfahrene Ärzte raten zu Ortsveränderung und meinen, mit der Entfernung von der Zauberin zerreiße auch der Zauber. Das Prinzip der Homöopathie, wo das Weib uns heilet von dem Weibe, ist vielleicht das probateste.

So viel wirst du gemerkt haben, teurer Leser, daß die Inokulation der Liebe, welche meine Mutter in meiner Kindheit versuchte, keinen günstigen Erfolg hatte. Es stand geschrieben, daß ich von dem großen Übel, den Pocken des Herzens, stärker als andere Sterbliche heimgesucht werden sollte, und mein Herz trägt die schlechtvernarbten Spuren in so reichlicher Fülle, daß es aussieht wie die Gipsmaske des Mirabeau oder wie die Fassade des Palais Mazarin nach den glorreichen Juliustagen oder gar wie die Reputation der größten tragischen Künstlerin.

Gibt es aber gar kein Heilmittel gegen das fatale Gebreste? Jüngst meinte ein Psychologe, man könnte dasselbe bewältigen, wenn man gleich im Beginn des Ausbruchs einige geeignete Mittel anwende; diese Vorschrift mahnt jedoch an das alte naive Gebetbuch, welches Gebete für alle Unglücksfälle, womit der Mensch bedroht ist, und unter anderen ein mehrere Seiten langes Gebet enthält, das der Schieferdecker abbeten solle, sobald er sich vom Schwindel ergriffen fühle und in Gefahr sei, vom Dache herabzufallen.

Ebenso töricht ist es, wenn man einem Liebeskranken anrät, den Anblick seiner Schönen zu fliehen und sich in der Einsamkeit an der Brust der Natur Genesung zu suchen. Ach, an dieser grünen Brust wird er nur Langeweile finden, und es wäre ratsamer, daß er, wenn nicht alle seine Energie erloschen, an ganz andren und sehr weißen Brüsten wo nicht Ruhe, so doch heilsame Unruhe suchte; denn das wirksamste Gegengift gegen die Weiber sind die Weiber; freilich hieße das, den Satan durch Belzebub bannen, und dann ist in solchem Falle die Medizin oft noch verderblicher als die Krankheit – aber es ist immer eine Chance, und in trostlosen Liebeszuständen ist der Wechsel der Inamorata gewiß das Ratsamste, und mein Vater dürfte auch hier mit Recht sagen: jetzt muß man ein neues Fäßchen anstechen.

Ja, laßt uns zu meinem lieben Vater zurückkehren, dem irgend eine mildtätige alte Weiberseele meinen öfteren Besuch bei der Göcherin und meine Neigung für das rote Sefchen denunziert hatte. Diese Denunziationen hatten jedoch keine andere Folge, als meinem Vater Gelegenheit zu geben, seine liebenswürdige Höflichkeit zu bekunden. Denn Sefchen sagte mir bald, ein sehr vornehmer und gepuderter Mann in Begleitung eines anderen sei ihr auf der Promenade begegnet, und als ihm sein Begleiter einige Worte zugeflüstert, habe er sie freundlich angesehen und im Vorbeigehen grüßend seinen Hut vor ihr abgezogen.

Nach der näheren Beschreibung erkannte ich in dem grüßenden Manne meinen lieben gütigen Vater.

Nicht dieselbe Nachsicht zeigte er, als man ihm einige irreligiöse Spötteleien, die mir entschlüpft, hinterbrachte. Man hatte mich der Gottesleugnung angeklagt, und mein Vater hielt mir deswegen eine Standrede, die längste, die er wohl je gehalten und die folgendermaßen lautete: »Lieber Sohn! Deine Mutter läßt dich beim Rektor Schallmayer Philosophie studieren. Das ist ihre Sache.

Heinrich Heine (Paris 1852). Lithographie von F. Chalupa.
Kupferstich-Portrait von Charles Gabriel Gleyre.
Foto: Bildarchiv Foto Marburg – Philipps-Universität Marburg
Deutsches Dokumentationszentrum für Kunstgeschichte.

Ich, meinesteils, ich liebe nicht die Philosophie; denn sie ist lauter Aberglauben, und ich bin Kaufmann und habe meinen Kopf nötig für mein Geschäft. Du kannst Philosoph sein, soviel du willst, aber ich bitte dich, sage nicht öffentlich, was du denkst, denn du würdest mir im Geschäft schaden, wenn meine Kunden erführen, daß ich einen Sohn habe, der nicht an Gott glaubt; besonders die Juden würden keine Velveteens mehr bei mir kaufen und sind ehrliche Leute, zahlen prompt und haben auch Recht, an der Religion zu halten. Ich bin dein Vater und also älter als du und dadurch auch erfahrener; du darfst mir also aufs Wort glauben, wenn ich mir erlaube, dir zu sagen, daß der Atheismus eine große Sünde ist.«

Geständnisse

Vorwort

Die nachfolgenden Blätter schrieb ich, um sie einer neuen Ausgabe meines Buches *de l'Allemagne* einzuverleiben. Voraussetzend, daß ihr Inhalt auch die Aufmerksamkeit des heimischen Publikums in Anspruch nehmen dürfte, veröffentliche ich diese Geständnisse ebenfalls in deutscher Sprache, und zwar noch vor dem Erscheinen der französischen Version. Zu dieser Vorsicht zwingt mich die Fingerfertigkeit sogenannter Übersetzer, die, obgleich ich jüngst in deutschen Blättern die Original-Ausgabe eines Opus ankündigte, dennoch sich nicht entblödeten, aus einer Pariser Zeitschrift, den bereits in französischer Sprache erschienenen Anfang meines Werks aufzuschnappen und als besondere Broschüre verdeutscht herauszugeben, solchermaßen nicht bloß die literarische Reputation, sondern auch die Eigentumsinteressen des Autors beeinträchtigend. Dergleichen Schnapphähne sind weit verächtlicher als der Straßenräuber, der sich mutig der Gefahr des Gehenktwerdens aussetzt, während jene, mit feigster Sicherheit die Lükken unsrer Preßgesetzgebung ausbeutend, ganz straflos den armen Schriftsteller um seinen ebenso mühsamen wie kümmerlichen Erwerb bestehlen können. Ich will den besondern Fall, von welchem ich rede, hier nicht weitläufig erörtern; überrascht, ich gestehe es, hat die Büberei mich nicht. Ich habe mancherlei bittere Erfahrungen gemacht, und der alte Glaube oder Aberglaube an deutsche Ehrlichkeit ist bei mir sehr in die Krümpe gegangen. Ich kann es nicht verhehlen, daß ich, zumal während meines Aufenthalts in Frankreich, sehr oft das Opfer jenes Aberglaubens ward. Sonderbar genug, unter den Gaunern, die ich leider zu meinem Schaden kennen lernte, befand sich nur ein einziger Franzose, und dieser Gauner war gebürtig aus einem jener deutschen Gauen, die einst dem deutschen Reich entrissen, jetzt von unsern Patrioten zurückverlangt werden. Sollte ich, in der ethnographischen Weise des Leporello, eine illustrierte Liste von den respektiven Spitzbuben anfertigen, die mir die Tasche geleert, so würden freilich alle zivilisierten Länder darin zahlreich genug repräsentiert werden, aber die Palme bliebe doch dem Vaterlande, welches das Unglaublichste geleistet, und ich könnte davon ein Lied singen mit dem Refrain:

»Aber in Deutschland tausend und drei!«

Charakteristisch ist es, daß unsern deutschen Schelmen immer eine gewisse Sentimentalität anklebt. Sie sind keine kalten Verstandesspitzbuben, sondern Schufte von Gefühl. Sie haben Gemüt, sie nehmen den wärmsten Anteil an dem Schicksal derer, die sie bestohlen, und man kann sie nicht los werden. Sogar unsre vornehmen Industrieritter sind nicht bloße Egoisten, die nur für sich stehlen, sondern sie wollen den schnöden Mammon erwerben, um Gutes zu tun; in den Freistunden, wo sie nicht von ihren Berufsgeschäften, z. B. von der Direktion einer Gasbeleuchtung der böhmischen Wälder, in Anspruch genommen werden, beschützen sie Pianisten und Journalisten, und unter der buntgestickten, in allen Farben der Iris schillernden Weste trägt mancher auch ein Herz, und in dem Herzen den nagenden Bandwurm des Weltschmerzes. Der Industrielle, der mein obenerwähntes Opus in sogenannter Übersetzung als Broschüre herausgegeben, begleitete dieselbe mit einer Notiz über meine Person, worin er wehmütig meinen traurigen Gesundheitszustand bejammert, und durch eine Zusammenstellung von allerlei Zeitungsartikeln über mein jetziges klägliches Aussehen die rührendsten Nachrichten mitteilt, so daß ich hier von Kopf bis zu Fuß beschrieben bin, und ein witziger Freund bei dieser Lektüre lachend ausrufen konnte: Wir leben wirklich in einer verkehrten Welt, und es ist jetzt der Dieb, welcher den Steckbrief des ehrlichen Mannes, den er bestohlen hat, zur öffentlichen Kunde bringt. –

Geschrieben zu Paris, im März 1854.

Ein geistreicher Franzose – vor einigen Jahren hätten diese Worte einen Pleonasmus gebildet – nannte mich einst einen *romantique défroqué*. Ich hege eine Schwäche für alles was Geist ist, und so boshaft die Benennung war, hat sie mich dennoch höchlich ergötzt. Sie ist treffend. Trotz meiner exterminatorischen Feldzüge gegen die Romantik, blieb ich doch selbst immer ein Romantiker, und ich war es in einem höhern Grade, als ich selbst ahnte. Nachdem ich dem Sinne für romantische Poesie in Deutschland die tödlichsten Schläge beigebracht, beschlich mich selbst wieder eine unendliche Sehnsucht nach der blauen Blume im Traumlande der Romantik, und ich ergriff die bezauberte Laute und sang ein Lied, worin ich mich allen holdseligen Übertreibungen, aller Mondscheintrunkenheit, allem blühenden Nachtigallen-Wahnsinn der einst so geliebten Weise hingab. Ich weiß, es war »das letzte freie Waldlied der Romantik«, und ich bin ihr letzter Dichter: mit mir ist die alte lyrische Schule der Deutschen geschlossen, während zugleich die neue Schule, die moderne deutsche Lyrik, von mir eröffnet ward. Diese Doppelbedeutung wird mir von den deutschen Literarhistorikern zugeschrieben. Es ziemt mir nicht, mich hierüber weitläufig auszulassen, aber ich darf mit gutem Fuge sagen, daß ich in der Geschichte der deutschen Romantik eine große Erwähnung verdiene. Aus diesem Grunde hätte ich in meinem Buche *de l'Allemagne*, wo ich jene Geschichte der romantischen Schule so vollständig als möglich darzustellen suchte, eine Besprechung meiner eignen Person liefern müssen. Indem ich dieses unterließ, entstand eine Lakune, welcher ich nicht leicht abzuhelfen weiß. Die Abfassung einer Selbstcharakteristik wäre nicht bloß eine sehr verfängliche, sondern sogar eine unmögliche Arbeit. Ich wäre ein eitler Geck, wenn ich hier das Gute, das ich von mir zu sagen wüßte, drall hervorhübe, und ich wäre ein großer Narr, wenn ich die Gebrechen, deren ich mich vielleicht ebenfalls bewußt bin, vor aller Welt zur Schau stellte – Und dann, mit dem besten Willen der Treuherzigkeit kann kein Mensch über sich selbst die Wahrheit sagen. Auch ist dies niemandem bis jetzt gelungen, weder dem heiligen Augustin, dem frommen Bischof von Hippo, noch dem Genfer Jean Jacques Rousseau, und am allerwenigsten diesem letztern, der sich den Mann der Wahrheit und der Natur nannte, während er doch im Grunde viel verlogener und unnatürlicher war, als seine Zeitgenossen. Er ist freilich zu stolz, als daß er sich gute Eigenschaften oder schöne Handlungen fälschlich zuschriebe, er erfindet vielmehr die abscheulichsten Dinge zu seiner eignen Verunglimpfung. Verleumdete er sich etwa selbst, um mit desto größerm Schein von Wahrhaftigkeit auch andre, z. B. meinen armen Landsmann Grimm, verleumden zu können? Oder macht er unwahre Bekenntnisse, um wirkliche Vergehen darunter zu verbergen, da, wie männiglich bekannt ist, die Schmachgeschichten, die über uns im Umlauf sind, uns nur dann sehr schmerzhaft zu berühren pflegen, wenn sie Wahrheit enthalten, während unser Gemüt minder verdrießlich davon verletzt wird, wenn sie nur eitel Erfindnisse sind. So bin ich überzeugt, Jean Jacques hat das Band nicht gestohlen, das einer unschuldig angeklagten und fortgejagten Kammerjungfer Ehre und Dienst kostete; er hatte gewiß kein Talent zum Stehlen, er war viel zu blöde und täppisch, er, der künftige Bär der Eremitage. Er hat vielleicht eines andern Vergehens sich schuldig ge-

Jean-Jacques Rousseau (1712–1778).
Nach einem Ölgemälde von Allan Ramsay, 1766, für David Hume.

macht, aber es war kein Diebstahl. Auch hat er seine Kinder nicht ins Findelhaus geschickt, sondern nur die Kinder von Mademoiselle Therese Levasseur. Schon vor dreißig Jahren machte mich einer der größten deutschen Psychologen auf eine Stelle der Konfessionen aufmerksam, woraus bestimmt zu deduzieren war, daß Rousseau nicht der Vater jener Kinder sein konnte; der eitle Brummbär wollte sich lieber für einen barbarischen Vater ausgeben, als daß er den Verdacht ertrüge, aller Vaterschaft unfähig gewesen zu sein. Aber der Mann, der in seiner eignen Person auch die menschliche Natur verleumdete, er blieb ihr doch treu in Bezug auf unsere Erbschwäche, die darin besteht, daß wir in den Augen der Welt immer anders erscheinen wollen, als wir wirklich sind. Sein Selbstportrait ist eine Lüge, bewundernswürdig ausgeführt, aber eine brillante Lüge. Da war der König der Aschantis, von welchem ich jüngst in einer afrikanischen Reisebeschreibung viel Ergötzliches las, viel ehrlicher, und das naive Wort dieses Neger-Fürsten, welches die oben angedeutete menschliche Schwäche so spaßhaft resümiert, will ich hier mitteilen. Als nämlich der Major Bowditsch in der Eigenschaft eines Ministerresidenten von dem englischen Gouverneur des Kaps der guten Hoffnung an den Hof jenes mächtigsten Monarchen Südafrikas geschickt ward, suchte er sich die Gunst der Höflinge und zumal der Hofdamen, die trotz ihrer schwarzen Haut mitunter außerordentlich schön waren, dadurch zu erwerben, daß er sie portraitierte. Der König, welcher die frappante Ähnlichkeit bewunderte, verlangte ebenfalls konterfeit zu werden und hatte dem Maler bereits einige Sitzungen gewidmet, als dieser zu bemerken glaubte, daß der König, der oft aufgesprungen war, um die Fortschritte des Portraits zu beobachten, in seinem Antlitze einige Unruhe und die grimassierende Verlegenheit eines Mannes verriet, der einen Wunsch auf der Zunge hat, aber doch keine Worte dafür finden kann – der Maler drang jedoch so lange in Seine Majestät, ihm ihr allerhöchstes Begehr kund zu geben, bis der arme Negerkönig endlich kleinlaut ihn fragte: ob es nicht anginge, daß er ihn weiß malte?

Das ist es. Der schwarze Negerkönig will weiß gemalt sein. Aber lacht nicht über den armen Afrikaner – jeder Mensch ist ein solcher Negerkönig, und jeder von uns möchte dem Publikum in einer anderen Farbe erscheinen, als die ist, womit uns die Fatalität angestrichen hat. Gottlob, daß ich dieses begreife, und ich werde mich daher hüten, hier in diesem Buche mich selbst abzukonterfeien. Doch der Lakune, welche dieses mangelnde Portrait verursacht, werde ich in den folgenden Blättern einigermaßen abzuhelfen suchen, indem ich hier genugsam Gelegenheit finde, meine Persönlichkeit so bedenklich als möglich hervortreten zu lassen. Ich habe mir nämlich die Aufgabe gestellt, hier nachträglich die Entstehung dieses Buches und die philosophischen und religiösen Variationen, die seit seiner Abfassung im Geiste des Autors vorgefallen, zu beschreiben, zu Nutz und Frommen des Lesers dieser neuen Ausgabe meines Buches *de l'Allemagne.*

Seid ohne Sorge, ich werde mich nicht zu weiß malen, und meine Nebenmenschen nicht zu sehr anschwärzen. Ich werde immer meine Farbe ganz getreu angeben, damit man wisse, wie weit man meinem Urteil trauen darf, wenn ich Leute von andrer Farbe bespreche.

Ich erteilte meinem Buche denselben Titel, unter wel-

Anne Louise Germaine de Staël-Holstein (1766–1817).
Gemälde von François Gérard.
Foto: Heinrich-Heine-Institut, Düsseldorf

chem Frau von Staël ihr berühmtes Werk, das denselben Gegenstand behandelt, herausgegeben hat, und zwar tat ich es aus polemischer Absicht. Daß eine solche mich leitete, verleugne ich keineswegs; doch indem ich von vornherein erkläre, eine Parteischrift geliefert zu haben, leiste ich dem Forscher der Wahrheit vielleicht bessere Dienste, als wenn ich eine gewisse laue Unparteilichkeit erheuchelte, die immer eine Lüge und dem befehdeten Autor verderblicher ist, als die entschiedenste Feindschaft. Da Frau von Staël ein Autor von Genie ist und einst die Meinung aussprach, daß das Genie kein Geschlecht habe, so kann ich mich bei dieser Schriftstellerin auch jener galanten Schonung überheben, die wir gewöhnlich den Damen angedeihen lassen, und die im Grunde doch nur ein mitleidiges Zertifikat ihrer Schwäche ist.

Ist die banale Anekdote wahr, welche man in Bezug auf obige Äußerung von Frau von Staël erzählt, und die ich bereits in meinen Knabenjahren unter andern Bonmots des Empires vernahm? Es heißt nämlich, zur Zeit wo Napoleon noch erster Konsul war, sei einst Frau von Staël nach der Behausung desselben gekommen, um ihm einen Besuch abzustatten; doch trotzdem daß der diensttuende Huissier ihr versicherte, nach strenger Weisung niemanden vorlassen zu dürfen, habe sie dennoch unerschütterlich darauf bestanden, seinem ruhmreichen Hausherrn unverzüglich angekündigt zu werden. Als dieser letztere ihr hierauf sein Bedauern vermelden ließ, daß er die verehrte Dame nicht empfangen könne, sintemalen er sich eben im Bade befände, soll dieselbe ihm die famose Antwort zurückgeschickt haben, daß solches kein Hindernis wäre, denn das Genie habe kein Geschlecht.

Ich verbürge nicht die Wahrheit dieser Geschichte; aber sollte sie auch unwahr sein, so bleibt sie doch gut erfunden. Sie schildert die Zudringlichkeit, womit die hitzige Person den Kaiser verfolgte. Er hatte nirgends Ruhe vor ihrer Anbetung. Sie hatte sich einmal in den Kopf gesetzt, daß der größte Mann des Jahrhunderts auch mit der größten Zeitgenossin mehr oder minder idealisch gepaart werden müsse. Aber als sie einst, in Erwartung eines Kompliments, an den Kaiser die Frage richtete: welche Frau er für die größte seiner Zeit halte? antwortete jener: Die Frau, welche die meisten Kinder zur Welt gebracht. Das war nicht galant, wie denn nicht zu leugnen ist, daß der Kaiser den Frauen gegenüber nicht jene zarten Zuvorkommenheiten und Aufmerksamkeiten ausübte, welche die Französinnen so sehr lieben. Aber diese letztern werden nie durch taktloses Benehmen irgend eine Unartigkeit selbst hervorrufen, wie es die berühmte Genferin getan, die bei dieser Gelegenheit bewies, daß sie trotz ihrer physischen Beweglichkeit von einer gewissen heimatlichen Unbeholfenheit nicht frei geblieben.

Als die gute Frau merkte, daß sie mit all ihrer Andringlichkeit nichts ausrichtete, tat sie, was die Frauen in solchen Fällen zu tun pflegen, sie erklärte sich gegen den Kaiser, raisonnierte gegen seine brutale und ungalante Herrschaft, und raisonierte solange, bis ihr die Polizei den Laufpaß gab. Sie flüchtete nun zu uns nach Deutschland, wo sie Materialien sammelte zu dem berühmten Buche, das den deutschen Spiritualismus als das Ideal aller Herrlichkeit feiern sollte, im Gegensatze zu dem Materialismus des imperialen Frankreichs. Hier bei uns machte sie gleich einen großen Fund. Sie begegnete nämlich einem Gelehrten Namens August Wilhelm

Schlegel. Das war ein Genie ohne Geschlecht. Er wurde ihr getreuer Cicerone und begleitete sie auf ihrer Reise durch alle Dachstuben der deutschen Literatur. Sie hatte einen unbändig großen Turban aufgestülpt, und war jetzt die Sultanin des Gedankens. Sie ließ unsre Literaten gleichsam geistig die Revüe passieren, und parodierte dabei den großen Sultan der Materie. Wie dieser die Leute mit einem: wie alt sind Sie? wieviel Kinder haben Sie? wieviel Dienstjahre? u.s.w. anging, so frug jene unsre Gelehrten: wie alt sind Sie? was haben Sie geschrieben? sind Sie Kantianer oder Fichteaner? und dergleichen Dinge, worauf die Dame kaum die Antwort abwartete, die der getreue Mameluck August Wilhelm Schlegel, ihr Rustan, hastig in sein Notizenbuch einzeichnete.

Wie Napoleon diejenige Frau für die größte erklärte, welche die meisten Kinder zur Welt gebracht, so erklärte die Staël denjenigen Mann für den größten, der die meisten Bücher geschrieben. Man hat keinen Begriff davon, welchen Spektakel sie bei uns machte, und Schriften, die erst unlängst erschienen, z.B. die Memoiren der Caroline Pichler, die Briefe der Varnhagen und der Bettina Arnim, auch die Zeugnisse von Eckermann, schildern ergötzlich die Not, welche uns die Sultanin des Gedankens bereitete, zu einer Zeit, wo der Sultan der Materie uns schon genug Tribulationen verursachte. Es war geistige Einquartierung, die zunächst auf die Gelehrten fiel.

Diejenigen Literatoren, womit die vortreffliche Frau ganz besonders zufrieden war, und die ihr persönlich durch den Schnitt ihres Gesichtes oder die Farbe ihrer Augen gefielen, konnten eine ehrenhafte Erwähnung, gleichsam das Kreuz der Legion d'honneur, in ihrem Buche *de l'Allemagne* erwarten. Dieses Buch macht auf mich immer einen so komischen wie ärgerlichen Eindruck. Hier sehe ich die passionierte Frau mit all ihrer Turbulenz, ich sehe wie dieser Sturmwind in Weibskleidern durch unser ruhiges Deutschland fegte, wie sie überall entzückt ausruft: welche labende Stille weht mich hier an! Sie hatte sich in Frankreich echauffiert und kam nach Deutschland, um sich bei uns abzukühlen. Der keusche Hauch unsrer Dichter tat ihrem heißen, sonnigen Busen so wohl! Sie betrachtete unsre Philosophen wie verschiedene Eissorten, und verschluckte Kant als Sorbet von Vanille, Fichte als Pistache, Schelling als Arlequin! – O wie hübsch kühl ist es in Euren Wäldern – rief sie beständig – welcher erquickende Veilchengeruch! wie zwitschern die Zeisige so friedlich in ihrem deutschen Nestchen! Ihr seid ein gutes tugendhaftes Volk, und habt noch keinen Begriff von dem Sittenverderbnis, das bei uns herrscht, in der *Rue du Bac*.

Die gute Dame sah bei uns nur was sie sehen wollte: ein nebelhaftes Geisterland, wo die Menschen ohne Leiber, ganz Tugend, über Schneegefilde wandeln, und sich nur von Moral und Metaphysik unterhalten! Sie sah bei uns überall nur, was sie sehen wollte, und hörte nur, was sie hören und wiedererzählen wollte – und dabei hörte sie doch nur wenig, und nie das Wahre, einesteils weil sie immer selber sprach, und dann weil sie mit ihren barschen Fragen unsre bescheidenen Gelehrten verwirrte und verblüffte, wenn sie mit ihnen diskutierte. – »Was ist Geist?« sagte sie zu dem blöden Professor Bouterwek, indem sie ihr dickfleischiges Bein auf seine dünnen, zitternden Lenden legte. Ach, schrieb sie dann: »wie interessant ist dieser Bouterwek! Wie der Mann die Augen niederschlägt! Das ist mir nie passiert mit meinen Herren zu Paris, in der *Rue du Bac*!« Sie sieht überall deutschen Spiritualismus, sie preist unsere Ehrlichkeit, unsere Tugend, unsere Geistesbildung – sie sieht nicht unsere Zuchthäuser, unsere Bordelle, unsere Kasernen – man sollte glauben, daß jeder Deutsche den *Prix Montyon* verdiente – Und das alles, um den Kaiser zu nergeln, dessen Feinde wir damals waren.

Der Haß gegen den Kaiser ist die Seele dieses Buches »*de l'Allemagne*«, und obgleich sein Name nirgends darin genannt wird, sieht man doch, wie die Verfasserin bei jeder Zeile nach den Tuilerien schielt. Ich zweifle nicht, daß das Buch den Kaiser weit empfindlicher verdrossen hat, als der direkteste Angriff, denn nichts verwundet einen Mann so sehr, wie kleine weibliche Nadelstiche. Wir sind auf große Schwertstreiche gefaßt, und man kitzelt uns an den kitzlichsten Stellen.

O die Weiber! Wir müssen ihnen viel verzeihen, denn sie lieben viel, und so gar viele. Ihr Haß ist eigentlich nur eine Liebe, welche umgesattelt hat. Zuweilen suchen sie auch uns Böses zuzufügen, weil sie dadurch einem andern Manne etwas Liebes zu erweisen denken. Wenn sie schreiben, haben sie ein Auge auf das Papier und das andre auf einen Mann gerichtet, und dieses gilt von allen Schriftstellerinnen, mit Ausnahme der Gräfin Hahn-Hahn, die nur ein Auge hat. Wir männlichen Schriftsteller haben ebenfalls unsere vorgefaßten Sympathien, und wir schreiben für oder gegen eine Sache, für oder gegen eine Idee, für oder gegen eine Partei; die Frauen jedoch schreiben immer für oder gegen einen einzigen Mann, oder besser gesagt, wegen eines einzigen Mannes. Charakteristisch ist bei ihnen ein gewisser Cancan, der Klün-

Napoléon I., Kaiser der Franzosen (1769–1817).
Stich von N. F. Bertrand nach Jacques-Louis David.
Foto: Goethe-Museum, Düsseldorf

gel, den sie auch in die Literatur herüberbringen, und der mir weit fataler ist, als die roheste Verleumdungswut der Männer. Wir Männer lügen zuweilen. Die Weiber, wie alle passive Naturen, können selten erfinden, wissen jedoch das Vorgefundene dergestalt zu entstellen, daß sie uns dadurch noch weit sicherer schaden, als durch entschiedene Lügen. Ich glaube wahrhaftig, mein Freund Balzac hatte recht, als er mir einst in einem sehr seufzenden Tone sagte: *la femme est un être dangereux.*

Ja, die Weiber sind gefährlich; aber ich muß doch die Bemerkung hinzufügen, daß die schönen nicht so gefährlich sind, als die, welche mehr geistige als körperliche Vorzüge besitzen. Denn jene sind gewohnt, daß ihnen die Männer den Hof machen, während die andern der Eigenliebe der Männer entgegenkommen, und durch den Köder der Schmeichelei einen größern Anhang gewinnen, als die Schönen. Ich will damit bei Leibe nicht andeuten, als ob Frau von Staël häßlich gewesen sei; aber eine Schönheit ist ganz etwas anderes. Sie hatte angenehme Einzelheiten, welche aber ein sehr unangenehmes Ganze bildeten; besonders unerträglich für nervöse Personen, wie es der selige Schiller gewesen, war ihre Manie, beständig einen kleinen Stengel oder eine Papiertüte zwischen den Fingern wirbelnd herumzudrehen – dieses Manövre machte den armen Schiller schwindlicht, und er ergriff in Verzweiflung alsdann ihre schöne Hand, um sie festzuhalten, und Frau von Staël glaubte, der gefühlvolle Dichter sei hingerissen von dem Zauber ihrer Persönlichkeit. Sie hatte in der Tat sehr schöne Hände, wie man mir sagt, und auch die schönsten Arme, die sie immer nackt sehen ließ; gewiß, die Venus von Milo hätte keine so schönen Arme aufzuweisen. Ihre

Zähne überstrahlten an Weiße das Gebiß der kostbarsten Rosse Arabiens. Sie hatte sehr große schöne Augen, ein Dutzend Amoretten würden Platz gefunden haben auf ihren Lippen, und ihr Lächeln soll sehr holdselig gewesen sein. Häßlich war sie also nicht – keine Frau ist häßlich – so viel läßt sich aber mit Fug behaupten: wenn die schöne Helena von Sparta so ausgesehen hätte, so wäre der ganze trojanische Krieg nicht entstanden, die Burg des Priamos wäre nicht verbrannt worden, und Homer hätte nimmermehr besungen den Zorn des Peliden Achilles.

Frau von Staël hatte sich, wie oben gesagt, gegen den großen Kaiser erklärt, und machte ihm den Krieg. Aber sie beschränkte sich nicht darauf, Bücher gegen ihn zu schreiben; sie suchte ihn auch durch nicht-literarische Waffen zu befehden: sie war einige Zeit die Seele aller jener aristokratischen und jesuitischen Intrigen, die der Koalition gegen Napoleon vorangingen, und wie eine wahre Hexe kauerte sie an dem brodelnden Topfe, worin alle diplomatischen Giftmischer, ihre Freunde Talleyrand, Metternich, Pozzo-di-Borgo, Castlereagh u. s. w., dem großen Kaiser sein Verderben eingebrockt hatten. Mit dem Kochlöffel des Hasses rührte das Weib herum in dem fatalen Topfe, worin zugleich das Unglück der ganzen Welt gekocht wurde. Als der Kaiser unterlag, zog Frau von Staël siegreich ein in Paris mit ihrem Buche *»de l'Allemagne«* und in Begleitung von einigen hunderttausend Deutschen, die sie gleichsam als eine pompöse Illustration ihres Buches mitbrachte. Solchermaßen illustriert durch lebendige Figuren, mußte das Werk sehr an Authentizität gewinnen, und man konnte sich hier durch den Augenschein überzeugen, daß der Autor uns Deutsche und unsere vaterländischen Tugenden sehr treu geschildert hatte. Welches köstliche Titelkupfer war jener Vater Blücher, diese alte Spielratte, dieser ordinäre Knaster, welcher einst einen Tagesbefehl erteilt hatte, worin er sich vermaß, wenn er den Kaiser lebendig finge, denselben aushauen zu lassen. Auch unseren A. W. v. Schlegel brachte Frau von Staël mit nach Paris, und das war ein Musterbild deutscher Naivität und Heldenkraft. Es folgte ihr ebenfalls Zacharias Werner, dieses Modell deutscher Reinlichkeit, hinter welchem die entblößten Schönen des Palais-Royal lachend einherliefen. Zu den interessanten Figuren, welche sich damals in ihrem deutschen Kostüme den Parisern vorstellten, gehörten auch die Herren Görres, Jahn und Ernst Moritz Arndt, die drei berühmtesten Franzosenfresser, eine drollige Gattung Bluthunde, denen der berühmte Patriot Börne in seinem Buche »Menzel, der Franzosenfresser« diesen Namen erteilt hat. Besagter Menzel ist keineswegs, wie einige glauben, eine fingierte Personnage, sondern er hat wirklich in Stuttgart existiert oder vielmehr ein Blatt herausgegeben, worin er täglich ein halb Dutzend Franzosen abschlachtete und mit Haut und Haar auffraß; wenn er seine sechs Franzosen verzehrt hatte, pflegte er manchmal noch obendrein einen Juden zu fressen, um im Munde einen guten Geschmack zu behalten, *pour se faire la bonne bouche.* Jetzt hat er längst ausgebellt, und zahnlos, räudig, verlungert er im Makulaturwinkel irgend eines schwäbischen Buchladens. Unter den Muster-Deutschen, welche zu Paris im Gefolge der Frau von Staël zu sehen waren, befand sich auch Friedrich von Schlegel, welcher gewiß die gastronomische Ascetik oder den Spiritualismus des gebratenen Hühnertums repräsentierte; ihn begleitete seine würdige Gattin Dorothea, geborne Mendelssohn und entlaufene Veit. Ich darf hier ebenfalls eine andre Illustration dieser Gattung, einen merkwürdigen Akoluthen der Schlegel, nicht mit Stillschweigen übergehen. Dieses ist ein deutscher Baron, welcher, von den Schlegeln besonders rekommandiert, die germanische Wissenschaft in Paris repräsentieren sollte. Er war gebürtig aus Altona, wo er einer der angesehensten israelitischen Familien angehörte. Sein Stammbaum, welcher bis zu Abraham, dem Sohne Thaers und Ahnherrn Davids, des Königs über Juda und Israel, hinaufreichte, berechtigte ihn hinlänglich, sich einen Edelmann zu nennen, und da er, wie der Synagoge, auch späterhin dem Protestantismus entsagte, und letztern förmlich abschwörend, sich in den Schoß der römisch-katholischen, allein seligmachenden Kirche begeben hatte, durfte er auch mit gutem Fug auf den Titel eines katholischen Barons Anspruch machen. In dieser Eigenschaft, und um die feudalistischen und klerikalischen Interessen zu vertreten, stiftete er zu Paris ein Journal, betitelt: *Le catholique.* Nicht bloß in diesem Blatte, sondern auch in den Salons einiger frommen Douairièren des edlen Faubourgs, sprach der gelehrte Edelmann beständig von Buddha und wieder von Buddha, und weitläufig gründlich bewies er, daß es zwei Buddha gegeben, was ihm die Franzosen schon auf sein bloßes Ehrenwort als Edelmann geglaubt hätten, und er wies nach, wie sich das Dogma der Trinität schon in den indischen Trimurtis befunden, und er zitierte den Ramayana, den Mahabarata, die Upnekats, die Kuh Sabala und den König Wiswamitra, die snorrische Edda und noch viele unentdeckte Fossilien und Mammutsknochen, und er war dabei ganz antediluvianisch trocken und sehr langweilig, was immer die Franzosen blendet. Da er beständig zurückkam auf Buddha und dieses Wort vielleicht komisch aussprach, haben ihn die frivolen Franzosen zuletzt den Baron Buddha genannt. Unter diesem Namen fand ich ihn im Jahre 1831 zu Paris, und als ich ihn mit einer sazerdotalen und fast synagogikalen Gravität seine Gelehrsamkeit ableiern hörte, erinnerte er mich an einen komischen Kauz im *Vicar of Wakefield* von Goldsmith, welcher, wie ich glaube, *Mr. Jenkinson* hieß und jedesmal, wenn er einen Gelehrten antraf, den er prellen wollte, einige Stellen aus Manetho, Berosus und Sanchuniaton zitierte; das Sanskrit war damals noch nicht erfunden. – Ein deutscher Baron idealern Schlages war mein armer Freund Friedrich de la Motte Fouqué, welcher damals, der Kollektion der Frau von Staël angehörend, auf seiner hohen Rosinante in Paris einritt. Er war ein Don Quixote vom Wirbel bis zur Zehe; las man seine Werke, so bewunderte man – Cervantes.

Aber unter den französischen Paladinen der Frau von Staël war mancher gallische Don Quixote, der unsern germanischen Rittern in der Narrheit nicht nachzustehen brauchte, z. B. ihr Freund, der Vicomte Chateaubriand, der Narr mit der schwarzen Schellenkappe, der zu jener Zeit der siegenden Romantik von seiner frommen Pilgerfahrt zurückkehrte. Er brachte eine ungeheuer große Flasche Wasser aus dem Jordan mit nach Paris, und seine im Laufe der Revolution wieder heidnisch gewordenen Landsleute taufte er aufs neue mit diesem heiligen Wasser, und die begossenen Franzosen wurden jetzt wahre Christen und entsagten dem Satan und seinen Herrlichkeiten, bekamen im Reiche des Himmels Ersatz für die Eroberungen, die sie auf Erden einbüßten, worunter z. B. die Rheinlande, und bei dieser Gelegenheit wurde ich ein Preuße.

Ich weiß nicht, ob die Geschichte begründet ist, daß Frau von Staël während der hundert Tage dem Kaiser den Antrag machen ließ, ihm den Beistand ihrer Feder zu leihen, wenn er zwei Millionen, die Frankreich ihrem Vater schuldig geblieben sei, ihr auszahlen wolle. Der Kaiser, der mit dem Gelde der Franzosen, die er genau kannte, immer sparsamer war, als mit ihrem Blute, soll sich auf diesen Handel nicht eingelassen haben, und die Tochter der Alpen bewährte das Volkswort: *point d'argent, point de Suisses.* Der Beistand der talentvollen Dame hätte übrigens damals dem Kaiser wenig gefruchtet, denn bald darauf ereignete sich die Schlacht bei Waterloo.

Ich habe oben erwähnt, bei welcher traurigen Gelegenheit ich ein Preuße wurde. Ich war geboren im letzten Jahre des vorigen Jahrhunderts zu Düsseldorf, der Hauptstadt des Herzogtums Berg, welches damals den Kurfürsten von der Pfalz gehörte. Als die Pfalz dem Hause Bayern anheimfiel und der bayrische Fürst Maximilian Joseph vom Kaiser zum König von Bayern erhoben und sein Reich durch einen Teil von Tirol und andern angrenzenden Ländern vergrößert wurde, hat der König von Bayern das Herzogtum Berg zu Gunsten Joachim Mürats, Schwagers des Kaisers, abgetreten; diesem letztern ward nun, nachdem seinem Herzogtum noch angrenzende Provinzen hinzugefügt worden, als Großherzog von Berg gehuldigt. Aber zu jener Zeit ging das Avancement sehr schnell, und es dauerte nicht lange, so machte der Kaiser den Schwager Mürat zum König von Neapel, und derselbe entsagte der Souveränität des Großherzogtums Berg zu Gunsten des Prinzen Napo-

Marktplatz in Düsseldorf mit dem Reiterstandbild des Kurfürsten Johann Wilhelm, dem Theater und dem Rathaus (1570–1573) im Jahre 1850. Stich von J. W. Krafft.
Foto: Heinrich-Heine-Institut, Düsseldorf

léon-Louis, welcher ein Neffe des Kaisers und ältester Sohn des Königs Ludwig von Holland und der schönen Königin Hortense war. Da derselbe nie abdizierte, und sein Fürstentum, das von den Preußen okkupiert ward, nach seinem Ableben dem Sohne des Königs von Holland, dem Prinzen Louis Napoleon Bonaparte *de jure* zufiel, so ist letzterer, welcher jetzt auch Kaiser der Franzosen ist, mein legitimer Souverän.

An einem andern Orte, in meinen Memoiren, erzähle ich weitläufiger als es hier geschehen dürfte, wie ich nach der Juliusrevolution nach Paris übersiedelte, wo ich seitdem ruhig und zufrieden lebe. Was ich während der Restauration getan und gelitten, wird ebenfalls zu einer Zeit mitgeteilt werden, wo die uneigennützige Absicht solcher Mitteilungen keinem Zweifel und keiner Verdächtigung begegnen kann. – – Ich hatte viel getan und gelitten, und als die Sonne der Juliusrevolution in Frankreich aufging, war ich nachgerade sehr müde geworden und bedurfte einiger Erholung. Auch ward mir die heimatliche Luft täglich ungesunder, und ich mußte ernstlich an eine Veränderung des Klimas denken. Ich hatte Visionen; die Wolkenzüge ängstigten mich und schnitten mir allerlei fatale Fratzen. Es kam mir manchmal vor, als sei die Sonne eine preußische Kokarde; des Nachts träumte ich von einem häßlichen schwarzen Geier, der mir die Leber fraß, und ich ward sehr melancholisch. Dazu hatte ich einen alten Berliner Justizrat kennen gelernt, der viele Jahre auf der Festung Spandau zugebracht und mir erzählte, wie es unangenehm sei, wenn man im Winter die Eisen tragen müsse. Ich fand es in der Tat sehr unchristlich, daß man den Menschen die Eisen nicht ein bißchen wärme. Wenn man uns die Ketten ein wenig wärmte, würden sie keinen so unangenehmen Eindruck machen, und selbst fröstelnde Naturen könnten sie dann gut ertragen; man sollte auch die Vorsicht anwenden, die Ketten mit Essenzen von Rosen und Lorbeeren zu parfümieren, wie es hier zu Lande geschieht. Ich frug meinen Justizrat, ob er zu Spandau oft Austern zu essen bekommen? Er sagte nein, Spandau sei zu weit vom Meere entfernt. Auch das Fleisch, sagte er, sei dort rar, und es gebe dort kein anderes Geflügel als die Fliegen, die einem in die Suppe fielen. Zu gleicher Zeit lernte ich einen französischen *commis voyageur* kennen, der für eine Weinhandlung reiste und mir nicht genug zu rühmen wußte, wie lustig man jetzt in Paris lebe, wie der Himmel dort voller Geigen hänge, wie man dort von Morgens bis Abends die Marseillaise und *En avant marchons* und *Lafayette aux cheveux blancs* singe, und Freiheit, Gleichheit und Brüderschaft an allen Straßenecken geschrieben stehe; dabei lobte er auch den Champagner seines Hauses, von dessen Adresse er mir eine große Anzahl Exemplare gab, und er versprach mir Empfehlungsbriefe für die besten Pariser Restaurants, im Fall ich die Hauptstadt zu meiner Erheiterung besuchen wollte. Da ich nun wirklich einer Aufheiterung bedurfte, und Spandau zu weit vom Meere entfernt ist, um dort Austern zu essen, und mich die Spandauer Geflügelsuppen nicht sehr lockten, und auch obendrein die preußischen Ketten im Winter sehr kalt sind und meiner Gesundheit nicht zuträglich sein konnten, so entschloß ich mich, nach Paris zu reisen und im Vaterland des Champagners und der Marseillaise jenen zu trinken und diese letztere, nebst *En avant marchons* und *Lafayette aux cheveux blancs*, singen zu hören.

Den 1. Mai 1831 fuhr ich über den Rhein. Den alten Flußgott, den Vater Rhein, sah ich nicht, und ich begnügte mich, ihm meine Visitenkarte ins Wasser zu werfen. Er saß, wie man mir sagte, in der Tiefe und studierte wieder die französische Grammatik von Meidinger, weil er nämlich während der preußischen Herrschaft große Rückschritte im Französischen gemacht hatte, und sich jetzt eventualiter aufs neue einüben wollte. Ich glaubte, ihn unten konjugieren zu hören: *j'aime, tu aimes, il aime, nous aimons* – Was liebt er aber? In keinem Fall die Preußen. Den Straßburger Münster sah ich nur von fern; er wackelte mit dem Kopfe, wie der alte getreue

Eckart, wenn er einen jungen Fant erblickt, der nach dem Venusberge zieht.

Zu Saint-Denis erwachte ich aus einem süßen Morgenschlafe, und hörte zum ersten Male den Ruf der Coucouführer: Paris! Paris! sowie auch das Schellengeklingel der Coco-Verkäufer. Hier atmet man schon die Luft der Hauptstadt, die am Horizonte bereits sichtbar. Ein alter Schelm von Lohnbedienter wollte mich bereden, die Königsgräber zu besuchen, aber ich war nicht nach Frankreich gekommen, um tote Könige zu sehen; ich begnügte mich damit, mir von jenem Cicerone die Legende des Ortes erzählen zu lassen, wie nämlich der böse Heidenkönig dem Heiligen Denis den Kopf abschlagen ließ, und dieser mit dem Kopf in der Hand von Paris nach Saint-Denis lief, um sich dort begraben und den Ort nach seinem Namen nennen zu lassen. Wenn man die Entfernung bedenke, sagte mein Erzähler, müsse man über das Wunder staunen, daß jemand so weit zu Fuß ohne Kopf gehen konnte – doch setzte er mit einem sonderbaren Lächeln hinzu: *dans des cas pareils, il n'y a que le premier pas qui coute.* Das war zwei Franken wert, und ich gab sie ihm, *pour l'amour de Voltaire.* In zwanzig Minuten war ich in Paris, und zog ein durch die Triumphpforte des Boulevards Saint-Denis, die ursprünglich zu Ehren Ludwigs XIV. errichtet worden, jetzt aber zur Verherrlichung meines Einzugs in Paris diente. Wahrhaft überraschte mich die Menge von geputzten Leuten, die sehr geschmackvoll gekleidet waren wie Bilder eines Modejournals. Dann imponierte mir, daß sie alle französisch sprachen, was bei uns ein Kennzeichen der vornehmen Welt; hier ist also das ganze Volk so vornehm wie bei uns der Adel. Die Männer waren alle so höflich, und die

»Porte St. Denis & Boulevards«, Paris (Stahlstich um 1830). Durch diesen 1672 für König Ludwig XIV. nach dem Muster des Titusbogens erbauten Triumphbogen ist Heine Anfang Mai 1831 in Paris eingefahren.
Foto: Heinrich-Heine-Institut, Düsseldorf

schönen Frauen so lächelnd. Gab mir jemand unversehens einen Stoß, ohne gleich um Verzeihung zu bitten, so konnte ich darauf wetten, daß es ein Landsmann war; und wenn irgend eine Schöne etwas allzu säuerlich aussah, so hatte sie entweder Sauerkraut gegessen, oder sie konnte Klopstock im Original lesen. Ich fand alles so amüsant, und der Himmel war so blau und die Luft so liebenswürdig, so generös, und dabei flimmerten noch hie und da die Lichter der Julisonne; die Wangen der schönen Lutetia waren noch rot von den Flammenküssen dieser Sonne, und an ihrer Brust war noch nicht ganz verwelkt der bräutliche Blumenstrauß. An den Straßenecken waren freilich hie und da die *liberté, égalité, fraternité* schon wieder abgewischt. Ich besuchte sogleich die

Restaurants, denen ich empfohlen war; diese Speisewirte versicherten mir, daß sie mich auch ohne Empfehlungsschreiben gut aufgenommen hätten, da ich ein so honettes und distinguiertes Äußere besäße, das sich von selbst empfehle. Nie hat mir ein deutscher Garkoch dergleichen gesagt, wenn er auch eben so dachte; so ein Flegel meint, er müsse uns das Angenehme verschweigen, und seine deutsche Offenheit verpflichte ihn, nur widerwärtige Dinge uns ins Gesicht zu sagen. In den Sitten und sogar in der Sprache der Franzosen ist so viel köstliche Schmeichelei, die so wenig kostet, und doch so wohltätig und erquickend. Meine Seele, die arme Sensitive, welche die Scheu vor vaterländischer Grobheit so sehr zusammengezogen hatte, erschloß sich wieder jenen schmeichlerischen Lauten der französischen Urbanität. Gott hat uns die Zunge gegeben, damit wir unsern Mitmenschen etwas Angenehmes sagen.

Mit dem Französischen haperte es etwas bei meiner Ankunft; aber nach einer halbstündigen Unterredung mit einer kleinen Blumenhändlerin im Passage des Panoramas ward mein Französisch, das seit der Schlacht bei Waterloo eingerostet war, wieder flüssig, ich stotterte mich wieder hinein in die galantesten Konjugationen und erklärte der Kleinen sehr verständlich das Linnéische System, wo man die Blumen nach ihren Staubfäden einteilt; die Kleine folgte einer andern Methode und teilte die Blumen ein in solche die gut röchen und in solche welche stänken. Ich glaube, auch bei den Männern beobachtete sie dieselbe Klassifikation. Sie war erstaunt, daß ich trotz meiner Jugend so gelehrt sei, und posaunte meinen gelehrten Ruf im ganzen Passage des Panoramas. Ich sog auch hier die Wohldüfte der Schmeichelei mit Wonne ein, und amüsierte mich sehr. Ich wandelte auf Blumen, und manche gebratene Taube flog mir ins offne, gaffende Maul. Wie viel Amüsantes sah ich hier bei meiner Ankunft! Alle Notabilitäten des öffentlichen Ergötzens und der offiziellen Lächerlichkeit. Die ernsthaften Franzosen waren die amüsantesten. Ich sah Arnal, Bouffé, Déjazet, Debureau, Odry, Mademoiselle Georges und die große Marmite im Invalidenpalaste. Ich sah die Morgue, die *académie française*, wo ebenfalls viele unbekannte Leichen ausgestellt, und endlich die Nekropo-

Paris, Palais du Luxembourg.
Foto: Heinrich-Heine-Institut, Düsseldorf

lis des Luxemburg, worin alle Mumien des Meineids, mit den einbalsamierten falschen Eiden, die sie allen Dynastien der französischen Pharaonen geschworen. Ich sah im Jardin-des-Plantes die Giraffe, den Bock mit drei Beinen und die Känguruhs, die mich ganz besonders amüsierten. Ich sah auch Herrn von Lafayette und seine weißen Haare, letztere aber sah ich aparte, da solche in einem Medaillon befindlich waren, welches einer schönen Dame am Halse hing, während er selbst, der Held beider Welten, eine braune Perücke trug, wie alle alte Franzosen. Ich besuchte die königliche Bibliothek, und sah hier den Conservateur der Medaillen, die eben gestohlen worden; ich sah dort auch in einem obskuren Korridor den Zodiakus von Dhontera, der einst so viel Aufsehen erregt hatte, und am selben Tage sah ich Madame Recamier, die berühmteste Schönheit zur Zeit der Merovinger, sowie auch Herrn Ballanche, der zu den *pièces justificatives* ihrer Tugend gehörte, und den sie seit undenklicher Zeit überall mit sich herumschleppte. Leider sah ich nicht Herrn von Chateaubriand, der mich gewiß amüsiert hätte. Dafür sah ich aber in der *grande Chaumière* den *père* Lahire, in einem Momente, wo er *bougrement en colère* war; er hatte eben zwei junge Robespierre mit weit aufgeklappten weißen Tugendwesten bei den Krägen erfaßt und vor die Türe gesetzt; einen kleinen Saint-Just, der sich mausig machte, schmiß er ihnen nach, und einige hübsche Citoyennes des Quartier Latin, welche über Verletzung der Menschheitsrechte klagten, hätte schier dasselbe Schicksal betroffen. In einem andern, ähnlichen Lokal sah ich den berühmten Chicard, den berühmten Lederhändler und Cancantänzer, eine vierschrötige Figur, deren rotaufgedunsenes Gesicht gegen die blendend weiße Krawatte vortrefflich abstach; steif und ernsthaft glich er einem Mairie-Adjunkten, der sich eben anschickt, eine Rosière zu bekränzen. Ich bewunderte seinen Tanz, und ich sagte ihm, daß derselbe große Ähnlichkeit habe mit dem antiken Silenostanz, den man bei den Dionysien tanzte, und der von dem würdigen Erzieher des Bacchus, dem Silenos, seinen Namen empfangen. Herr Chicard sagte mir viel Schmeichelhaftes über meine Gelehrsamkeit und präsentierte mich einigen Damen seiner Bekanntschaft, die ebenfalls nicht ermangelten, mein gründliches Wissen herumzurühmen, so daß sich bald mein Ruf in ganz Paris verbreitete, und die Direktoren von Zeitschriften mich aufsuchten, um meine Kollaboration zu gewinnen.

Zu den Personen, die ich bald nach meiner Ankunft in Paris sah, gehört auch Victor Bohain, und ich erinnere mich mit Freude dieser jovialen, geistreichen Figur, die durch liebenswürdige Anregungen viel dazu beitrug, die Stirne des deutschen Träumers zu entwölken und sein vergrämtes Herz in die Heiterkeit des französischen Lebens einzuweihen. Er hatte damals die *Europe littéraire* gestiftet, und als Direktor derselben kam er zu mir mit dem Ansuchen, einige Artikel über Deutschland in dem Genre der Frau von Staël für seine Zeitschrift zu schreiben. Ich versprach, die Artikel zu liefern, jedoch ausdrücklich bemerkend, daß ich sie in einem ganz entgegengesetzten Genre schreiben würde. »Das ist mir gleich« – war die lachende Antwort – »außer dem *genre ennuyeux* gestatte ich wie Voltaire jedes Genre.« Damit ich armer Deutscher nicht in das *genre ennuyeux* verfiele, lud Freund Bohain mich oft zu Tische und begoß meinen Geist mit Champagner. Niemand wußte besser wie er ein Diner anzuordnen, wo man nicht bloß die beste Küche, sondern auch die köstlichste Unterhaltung genoß; niemand wußte so gut wie er als Wirt die Honneurs zu machen, niemand so gut zu repräsentieren, wie Victor Bohain – auch hat er gewiß mit Recht seinen Aktionären der *Europe littéraire* hunderttausend Franken Repräsentationskosten angerechnet. Seine Frau war sehr hübsch und besaß ein niedliches Windspiel, welches Ji-Ji hieß. Zu dem Humor des Mannes trug sogar sein hölzernes Bein etwas bei, und wenn er allerliebst um den Tisch herumhumpelnd seinen Gästen Champagner einschenkte, glich er dem Vulkan, als derselbe das Amt Hebes verrichtete in der jauchzenden Götterversammlung. Wo ist er jetzt? Ich habe lange nichts von ihm gehört. Zuletzt, vor etwa zehn Jahren, sah ich ihn in einem Wirtshause zu Grandville; er war von England, wo er sich aufhielt um die kolossale englische Nationalschuld zu studieren und bei dieser Gelegenheit seine kleinen Privatschulden zu vergessen, nach jenem Hafenstädtchen der Basse-Normandie auf einen Tag herübergekommen, und hier fand ich ihn an einem Tischchen sitzend neben einer Bouteille Champagner und einem vierschrötigen Spießbürger mit kurzer Stirn und aufgesperrtem Maule, dem er das Projekt eines Geschäftes auseinandersetzte, woran, wie Bohain mit beredsamen Zahlen bewies, eine Million zu gewinnen war. Bohains spekulativer Geist war immer sehr groß, und wenn er ein Geschäft erdachte, stand immer eine Million Gewinn in Aussicht, nie weniger als eine Million. Die Freunde nannten ihn daher auch Messer Millione, wie einst Marco Paulo in Venedig genannt wurde, als derselbe nach seiner Rückkehr aus dem Morgenlande den maulaufsperrenden Landsleuten unter den Arkaden des Sankt Marco-Platzes von den hundert Millionen und wieder hundert Millionen Einwohnern erzählte, welche er in den Ländern, die er bereist, in China, der Tartarei, Indien u. s. w., gesehen habe. Die neuere Geographie hat den berühmten Venetianer, den man lange für einen Aufschneider hielt, wieder zu Ehren gebracht, und auch von unserm Pariser Messer Millione dürfen wir behaupten, daß seine industriellen Projekte immer großartig richtig ersonnen waren, und nur durch Zufälligkeiten in der Ausführung mißlangen; manche brachten große Gewinne, als sie in die Hände von Personen kamen, die nicht so gut die Honneurs eines Geschäftes zu machen, die nicht so prachtvoll zu repräsentieren wußten, wie Victor Bohain. Auch die *Europe littéraire* war eine vortreffliche Konzeption, ihr Erfolg schien gesichert, und ich habe ihren Untergang nie begriffen. Noch den Vorabend des Tages, wo die Stockung begann, gab Victor Bohain in den Redaktionssälen des Journals einen glänzenden Ball, wo er mit seinen dreihundert Aktionären tanzte, ganz so wie einst Leonidas mit seinen dreihundert Spar-

Jacques-Louis David: »Léonidas aux Thermopyles« (1814).
Musée du Louvre, Paris.
Photo R. M. N., Paris

tanern den Tag vor der Schlacht bei den Thermopylen. Jedesmal wenn ich in der Galerie des Louvre das Gemälde von David sehe, welches diese antik heroische Szene darstellt, denke ich an den erwähnten letzten Tanz des Victor Bohain; ganz eben so wie der todesmutige König des Davidischen Bildes stand er auf einem Beine; es war dieselbe klassische Stellung. – Wanderer! wenn du in Paris die Chaussée d'Antin nach den Boulevards herabwandelst, und dich am Ende bei einem schmutzigen Tal, das die *rue basse du rempart* geheißen, befindest, wisse! du stehst hier vor den Thermopylen der *Europe littéraire,* wo Victor Bohain heldenkühn fiel mit seinen dreihundert Aktionären!

Die Aufsätze, die ich, wie gesagt, für jene Zeitschrift zu verfassen hatte und darin abdrucken ließ, gaben mir Veranlassung, in weiterer Ausführung über Deutschland und seine geistige Entwickelung mich auszusprechen, und es entstand dadurch das Buch, das du, teurer Leser! jetzt in Händen hast. Ich wollte nicht bloß seinen Zweck, seine Tendenz, seine geheimste Absicht, sondern auch die Genesis des Buches hier offenbaren, damit jeder um so sicherer ermitteln könne, wie viel Glauben und Zutrauen meine Mitteilungen verdienen. Ich schrieb nicht im Genre der Frau von Staël, und wenn ich mich auch bestrebte, so wenig ennüyant wie möglich zu sein, so verzichtete ich doch im Voraus auf alle Effekte des Stiles und der Phrase, die man bei Frau von Staël, dem größten Autor Frankreichs während dem Empire, in so hohem Grade antrifft. Ja, die Verfasserin der Corinne überragt nach meinem Bedünken alle ihre Zeitgenossen, und ich kann das sprühende Feuerwerk ihrer Darstellung nicht genug bewundern; aber dieses Feuerwerk läßt leider eine übelriechende Dunkelheit zurück, und wir müssen eingestehen, ihr Genie ist nicht so geschlechtlos, wie nach der frühern Behauptung der Frau von Staël das Genie sein soll; ihr Genie ist ein Weib, besitzt alle Gebrechen und Launen des Weibes, und es war meine Pflicht als Mann, dem glänzenden Cancan dieses Genies zu widersprechen. Es war um so notwendiger, da die Mitteilungen in ihrem Buch *de l'Allemagne* sich auf Gegenstände bezogen, die den Franzosen unbekannt waren und den Reiz der Neuheit besaßen, z. B. alles was Bezug hat auf deutsche Philosophie und romantische Schule. Ich glaube in meinem Buche absonderlich über erstere die ehrlichste Auskunft erteilt zu haben, und die Zeit hat bestätigt, was damals, als ich es vorbrachte, unerhört und unbegreiflich schien.

Ja, was die deutsche Philosophie betrifft, so hatte ich unumwunden das Schulgeheimnis ausgeplaudert, das, eingewickelt in scholastische Formeln, nur den Eingeweihten der ersten Klasse bekannt war. Meine Offenbarungen erregten hier zu Lande die größte Verwunderung, und ich erinnere mich, daß sehr bedeutende französische Denker mir naiv gestanden, sie hätten immer geglaubt, die deutsche Philosophie sei ein gewisser mystischer Nebel, worin sich die Gottheit wie in einer heiligen Wolkenburg verborgen halte, und die deutschen Philosophen seien ekstatische Seher, die nur Frömmigkeit und Gottesfurcht atmeten. Es ist nicht meine Schuld, daß dieses nie der Fall gewesen, daß die deutsche Philosophie just das Gegenteil ist von dem, was wir bisher Frömmigkeit und Gottesfurcht nannten, und daß unsre modernsten Philosophen den vollständigsten Atheismus als das letzte Wort unsrer deutschen Philosophie proklamierten. Sie rissen schonungslos und mit bacchantischer Lebenslust den blauen Vorhang vom deutschen Himmel, und riefen: sehet, alle Gottheiten sind entflohen, und dort oben sitzt nur noch eine alte Jungfer mit bleiernen Händen und traurigem Herzen: die Notwendigkeit.

Ach! was damals so befremdlich klang, wird jetzt jenseits des Rheins auf allen Dächern gepredigt, und der fanatische Eifer mancher dieser Prädikanten ist entsetzlich! Wir haben jetzt fanatische Mönche des Atheismus, Großinquisitoren des Unglaubens, die den Herrn von Voltaire verbrennen lassen würden, weil er doch im Herzen ein verstockter Deist gewesen. So lange solche Doktrinen noch Geheimgut einer Aristokratie von Geistreichen blieben und in einer vornehmen Coterie-Sprache besprochen wurden, welche den Bedienten, die aufwartend hinter uns standen, während wir bei unsern philosophischen Petits-Soupers blasphemierten, unverständlich war – so lange gehörte auch ich zu den leichtsinnigen Esprits-Forts, wovon die meisten jenen liberalen Grands-Seigneurs glichen, die kurz vor der Revolution mit den neuen Umsturz-Ideen die Langeweile ihres müßigen Hoflebens zu verscheuchen suchten. Als ich aber merkte, daß die rohe Plebs, der Jan Hagel, ebenfalls dieselben Themata zu diskutieren begann in seinen schmutzigen Symposien, wo statt der Wachskerzen und Girandolen nur Talglichter und Tranlampen leuchteten, als ich sah, daß Schmierlappen von Schuster- und Schneidergesellen in ihrer plumpen Herbergsprache die Existenz Gottes zu leugnen sich unterfingen – als der Atheismus anfing, sehr stark nach Käse, Branntwein und Tabak zu stinken: da gingen mir plötzlich die Augen auf, und was ich nicht durch meinen Verstand begriffen hatte, das begriff ich jetzt durch den Geruchssinn, durch das Mißbehagen des Ekels, und mit meinem Atheismus hatte es, gottlob! ein Ende.

Um die Wahrheit zu sagen, es mochte nicht bloß der Ekel sein, was mir die Grundsätze der Gottlosen verleidete und meinen Rücktritt veranlaßte. Es war hier auch eine gewisse weltliche Besorgnis im Spiel, die ich nicht überwinden konnte; ich sah nämlich, daß der Atheismus ein mehr oder minder geheimes Bündnis geschlossen mit dem schauderhaft nacktesten, ganz feigenblattlosen, kommunen Kommunismus. Meine Scheu vor dem letztern hat wahrlich nichts gemein mit der Furcht des Glückspilzes, der für seine Kapitalien zittert, oder mit dem Verdruß der wohlhabenden Gewerbsleute, die in ihren Ausbeutungsgeschäften gehemmt zu werden fürchten: nein, mich beklemmt vielmehr die geheime Angst des Künstlers und des Gelehrten, die wir unsre ganze moderne Zivilisation, die mühselige Errungenschaft so vieler Jahrhunderte, die Frucht der edelsten Arbeiten unsrer Vorgänger, durch den Sieg des Kommunismus bedroht sehen. Fortgerissen von der Strömung großmütiger Gesinnung mögen wir immerhin die Interessen der Kunst und Wissenschaft, ja alle unsre Partikularinteressen dem Gesamtinteresse des leidenden und unterdrückten Volkes aufopfern: aber wir können uns nimmermehr verhehlen, wessen wir uns zu gewärtigen haben, sobald die große rohe Masse, welche die einen das Volk, die andern den Pöbel nennen, und deren legitime Souveränität bereits längst proklamiert worden, zur wirklichen Herrschaft käme. Ganz besonders empfindet der Dichter ein unheimliches Grauen vor dem Regierungsantritt dieses täppischen Souveräns. Wir wollen gern für das Volk uns opfern, denn Selbstaufopferung gehört zu unsern raffiniertesten Genüssen – die Emanzipation des Volkes war die große Aufgabe unseres Lebens und wir haben dafür gerungen und namenloses Elend ertragen, in der Heimat wie im Exile – aber die reinliche, sensitive Natur des Dichters sträubt sich gegen jede persönlich nahe Berührung mit dem Volke, und noch mehr schrecken wir zusammen bei dem Gedanken an seine Liebkosungen, vor denen uns Gott bewahre! Ein großer Demokrat sagte einst: er würde, hätte ein König ihm die Hand gedrückt, sogleich seine Hand ins Feuer halten, um sie zu reinigen. Ich möchte in derselben Weise sagen: ich würde meine Hand waschen, wenn mich das souveräne Volk mit seinem Händedruck beehrt hätte.

O das Volk, dieser arme König in Lumpen, hat Schmeichler gefunden, die viel schamloser, als die Höflinge von Byzanz und Versailles, ihm ihren Weihrauchkessel an den Kopf schlugen. Diese Hoflakaien des Volkes rühmen beständig seine Vortrefflichkeiten und Tugenden und rufen begeistert: wie schön ist das Volk! wie gut ist das Volk! wie intelligent ist das Volk! – Nein, ihr lügt. Das arme Volk ist nicht schön; im Gegenteil, es ist sehr häßlich. Aber diese Häßlichkeit entstand durch den Schmutz und wird mit demselben schwinden, sobald wir öffentliche Bäder erbauen, wo Seine Majestät das Volk sich unentgeltlich baden kann. Ein Stückchen Seife könnte dabei nicht schaden, und wir werden dann ein Volk sehen, das hübsch propre ist, ein Volk, das sich gewaschen hat. Das Volk, dessen Güte so sehr gepriesen wird, ist gar nicht gut; es ist manchmal so böse wie einige andere Potentaten. Aber seine Bosheit kommt vom

Hunger; wir müssen sorgen, daß das souveräne Volk immer zu essen habe; sobald allerhöchst dasselbe gehörig gefüttert und gesättigt sein mag, wird es Euch auch huldvoll und gnädig anlächeln, ganz wie die andern. Seine Majestät das Volk ist ebenfalls nicht sehr intelligent; es ist vielleicht dümmer als die andern, es ist fast so bestialisch dumm wie seine Günstlinge. Liebe und Vertrauen schenkt es nur denjenigen, die den Jargon seiner Leidenschaft reden oder heulen, während es jeden braven Mann haßt, der die Sprache der Vernunft mit ihm spricht, um es zu erleuchten und zu veredeln. So ist es in Paris, so war es in Jerusalem. Laßt dem Volk die Wahl zwischen dem Gerechtesten der Gerechten und dem scheußlichsten Straßenräuber, seid sicher, es ruft: »Wir wollen den Barrabas! Es lebe der Barrabas!« – Der Grund dieser Verkehrtheit ist die Unwissenheit; dieses Nationalübel müssen wir zu tilgen suchen durch öffentliche Schulen für das Volk, wo ihm der Unterricht auch mit den dazu gehörigen Butterbröten und sonstigen Nahrungsmitteln unentgeltlich erteilt werde. – Und wenn jeder im Volke in den Stand gesetzt ist, sich alle beliebigen Kenntnisse zu erwerben, werdet Ihr bald auch ein intelligentes Volk sehen. – Vielleicht wird dasselbe am Ende noch so gebildet, so geistreich, so witzig sein, wie wir es sind, nämlich wie ich und du, mein teurer Leser, und wir bekommen bald noch andre gelehrte Friseure, welche Verse machen wie Monsieur Jasmin zu Toulouse, und noch viele andre philosophische Flickschneider, welche ernsthafte Bücher schreiben, wie unser Landsmann, der famose Weitling.

Bei dem Namen dieses famosen Weitling taucht mir plötzlich mit all ihrem komischen Ernste die Szene meines ersten und letzten Zusammentreffens mit dem damaligen Tageshelden wieder im Gedächtnis herauf. Der liebe Gott, der von der Höhe seiner Himmelsburg alles sieht, lachte wohl herzlich über die saure Miene, die ich geschnitten haben muß, als mir in dem Buchladen meines Freundes Campe zu Hamburg der berühmte Schneidergesell entgegentrat und sich als einen Kollegen ankündigte, der sich zu denselben revolutionären und atheistischen Doktrinen bekenne. Ich hätte wirklich in diesem Augenblick gewünscht, daß der liebe Gott gar nicht existiert haben möchte, damit er nur nicht die Verlegenheit und Beschämung sähe, worin mich eine solche saubre Genossenschaft versetzte! Der liebe Gott hat mir gewiß alle meine alten Frevel von Herzen verziehen, wenn er die Demütigung in Anschlag brachte, die ich bei jenem Handwerksgruß des ungläubigen Knotentums, bei jenem kollegialischen Zusammentreffen mit Weitling empfand. Was meinen Stolz am meisten verletzte, war der gänzliche Mangel an Respekt, den der Bursche an den Tag legte, während er mit mir sprach. Er behielt die Mütze auf dem Kopf, und während ich vor ihm stand, saß er auf einer kleinen Holzbank, mit der einen Hand sein zusammengezogenes rechtes Bein in die Höhe haltend, so daß er mit dem Knie fast sein Kinn berührte; mit der andern Hand rieb er beständig dieses Bein oberhalb der Fußknöchel. Diese unehrerbietige Positur hatte ich anfangs den kauernden Handwerksgewöhnungen des Mannes zugeschrieben, doch er belehrte mich eines Bessern, als ich ihn befrug, warum er beständig in erwähnter Weise sein Bein riebe? Er sagte mir nämlich im unbefangen gleichgültigsten Tone, als handle es sich von einer Sache, die ganz natürlich, daß er in den verschiedenen deutschen Gefängnissen, worin er gesessen, gewöhnlich mit Ketten belastet worden sei; und da manchmal der eiserne Ring, welcher das Bein anschloß, etwas zu eng gewesen, habe er an jener Stelle eine juckende Empfindung bewahrt, die ihn zuweilen veranlasse, sich dort zu reiben. Bei diesem naiven Geständnis muß der Schreiber dieser Blätter ungefähr so ausgesehen haben, wie der Wolf in der äsopischen Fabel, als er seinen Freund den Hund befragt hatte, warum das Fell an seinem Halse so abgescheuert sei, und dieser zur Antwort gab: des Nachts legt man mich an die Kette. – Ja, ich gestehe, ich wich einige Schritte zurück, als der Schneider solchermaßen mit seiner widerwärtigen Familiarität von den Ketten sprach, womit ihn die deutschen Schließer zuweilen belästigten, wenn er im Loch saß – »Loch! Schließer! Ketten!« lauter fatale Coteriewotte einer geschlossenen Gesellschaft, womit man mir eine schreckliche Vertrautheit zumutete. Und es war hier nicht die Rede von jenen metaphorischen Ketten, die jetzt die ganze Welt trägt, die man mit dem größten Anstand tragen kann, und die sogar bei Leuten von gutem Tone in die Mode gekommen – nein, bei den Mitgliedern jener geschlossenen Gesellschaft sind Ketten gemeint in ihrer eisernsten Bedeutung, Ketten, die man mit einem eisernen Ring ans Bein befestigt – und ich wich einige Schritte zurück, als der Schneider Weitling von solchen Ketten sprach. Nicht etwa die Furcht vor dem Sprichwort: mitgefangen, mitgehangen! nein, mich schreckte vielmehr das Nebeneinandergehenktwerden.

Dieser Weitling, der jetzt verschollen, war übrigens ein Mensch von Talent; es fehlte ihm nicht an Gedanken, und sein Buch, betitelt: »die Garantien der Gesellschaft«, war lange Zeit der Katechismus der deutschen Kommunisten. Die Anzahl dieser letztern hat sich in Deutschland während der letzten Jahre ungeheuer vermehrt, und diese Partei ist zu dieser Stunde unstreitig eine der mächtigsten jenseits des Rheines. Die Handwerker bilden den Kern einer Unglaubens-Armee, die vielleicht nicht sonderlich diszipliniert, aber in doktrineller Beziehung ganz vorzüglich einexerziert ist. Diese deutschen Handwerker bekennen sich größtenteils zum krassesten Atheismus, und sie sind gleichsam verdammt, dieser trostlosen Negation zu huldigen, wenn sie nicht in einen Widerspruch mit ihrem Prinzip und somit in völlige Ohnmacht verfallen wollen. Diese Kohorten der Zerstörung, diese Sappeure, deren Axt das ganze gesellschaftliche Gebäude bedroht, sind den Gleichmachern und Umwälzern in andern Ländern unendlich überlegen, wegen der schrecklichen Konsequenz ihrer Doktrin; denn in dem Wahnsinn, der sie antreibt, ist, wie Polonius sagen würde, Methode.

Das Verdienst, jene grauenhaften Erscheinungen, welche erst später eintrafen, in meinem Buche *de l'Allemagne* lange vorausgesagt zu haben, ist nicht von großem Belange. Ich konnte leicht prophezeien, welche Lieder einst in Deutschland gepfiffen und gezwitschert werden dürften, denn ich sah die Vögel ausbrüten, welche später die neuen Sangesweisen anstimmten. Ich sah, wie Hegel mit seinem fast komisch ernsthaften Gesichte als Bruthenne auf den fatalen Eiern saß, und ich hörte sein Gackern. Ehrlich gesagt, selten verstand ich ihn, und erst durch späteres Nachdenken gelangte ich zum Verständnis seiner Worte. Ich glaube, er wollte gar nicht verstanden sein, und daher sein verklausulierter Vortrag, daher vielleicht auch seine Vorliebe für Personen, von denen er wußte, daß sie ihn nicht verständen, und denen er um so bereitwilliger die Ehre seines nähern Umgangs gönnte. So wunderte sich jeder in Berlin über den intimen Verkehr des tiefsinnigen Hegel mit dem verstorbenen Heinrich Beer, einem Bruder des durch seinen Ruhm allgemein bekannten und von den geistreichsten Journalisten gefeierten Giacomo Meyerbeer. Jener Beer, nämlich der Heinrich, war ein schier unkluger Gesell, der auch wirklich späterhin von seiner Familie für blödsinnig erklärt und unter Kuratel gesetzt wurde, weil er anstatt sich durch sein großes Vermögen einen Namen zu machen in der Kunst oder Wissenschaft, vielmehr für läppische Schnurrpfeifereien seinen Reichtum vergeudete und z. B. eines Tags für sechstausend Taler Spazierstöcke gekauft hatte. Dieser arme Mensch, der weder für einen großen Tragödiendichter, noch für einen großen Sterngucker, oder für ein lorbeerbekränztes musikalisches Genie, einen Nebenbuhler von Mozart und Rossini, gelten wollte und lieber sein Geld für Spazierstöcke ausgab – dieser aus der Art geschlagene Beer genoß den vertrautesten Umgang Hegels, er war der Intimus des Philosophen, sein Pylades, und begleitete ihn überall wie sein Schatten. Der ebenso witzige wie talentbegabte Felix Mendelssohn suchte einst dieses Phänomen zu erklären, indem er behauptete: Hegel verstände den Heinrich Beer nicht. Ich glaube aber jetzt, der wirkliche Grund jenes intimen Umgangs bestand darin, daß Hegel überzeugt war, Heinrich Beer verstände nichts von allem was er ihn reden höre, und er konnte daher in seiner Gegenwart sich ungeniert allen Geistesergießungen des Moments überlassen. Überhaupt war das Gespräch von Hegel immer eine Art von Monolog, stoßweis hervorgeseufzt mit klangloser

Stimme; das Barocke der Ausdrücke frappierte mich oft, und von letztern blieben mir viele im Gedächtnis. Eines schönen hellgestirnten Abends standen wir beide neben einander am Fenster, und ich, ein zweiundzwanzigjähriger junger Mensch, ich hatte eben gut gegessen und Kaffee getrunken, und ich sprach mit Schwärmerei von den Sternen, und nannte sie den Aufenthalt der Seligen. Der

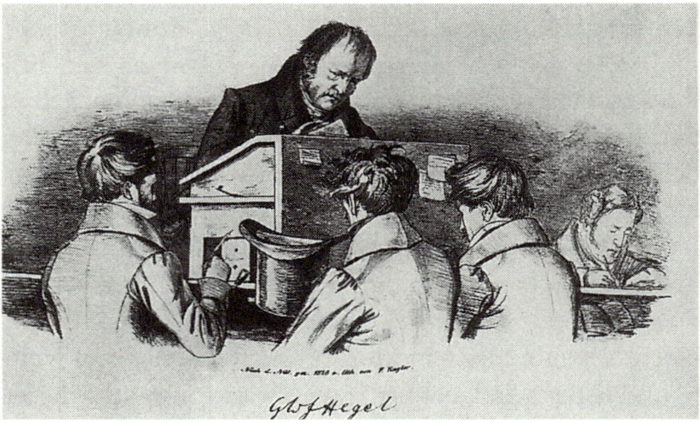

G. W. F. Hegel beim Kathedervortrag (1828).
Zeichnung und Lithographie von Franz Kugler (1803–1858).
Foto: Hegel-Archiv, Ruhr-Universität Bochum

Meister aber brümmelte vor sich hin: »Die Sterne, hum! hum! die Sterne sind nur ein leuchtender Aussatz am Himmel.« – Um Gotteswillen – rief ich – es gibt also droben kein glückliches Lokal, um dort die Tugend nach dem Tode zu belohnen? Jener aber, indem er mich mit seinen bleichen Augen stier ansah, sagte schneidend: »Sie wollen also noch ein Trinkgeld dafür haben, daß Sie Ihre kranke Mutter gepflegt und Ihren Herrn Bruder nicht vergiftet haben?« – Bei diesen Worten sah er sich ängstlich um, doch er schien gleich wieder beruhigt, als er bemerkte, daß nur Heinrich Beer herangetreten war, um ihn zu einer Partie Whist einzuladen.

Wie schwer das Verständnis der Hegelschen Schriften ist, wie leicht man sich hier täuschen kann, und zu verstehen glaubt, während man nur dialektische Formeln nachzukonstruieren gelernt, das merkte ich erst viele Jahre später hier in Paris, als ich mich damit beschäftigte, aus dem abstrakten Schul-Idiom jene Formeln in die Muttersprache des gesunden Verstandes und der allgemeinen Verständlichkeit, ins Französische, zu übersetzen. Hier muß der Dolmetsch bestimmt wissen, was er zu sagen hat, und der verschämteste Begriff ist gezwungen, die mystischen Gewänder fallen zu lassen und sich in seiner Nacktheit zu zeigen. Ich hatte nämlich den Vorsatz gefaßt, eine allgemein verständliche Darstellung der ganzen Hegelschen Philosophie zu verfassen, um sie einer neuern Ausgabe meines Buches *de l'Allemagne* als Ergänzung desselben einzuverleiben. Ich beschäftigte mich während zwei Jahren mit dieser Arbeit, und es gelang mir nur mit Not und Anstrengung, den spröden Stoff zu bewältigen und die abstraktesten Partien so populär als möglich vorzutragen. Doch als das Werk endlich fertig war, erfaßte mich bei seinem Anblick ein unheimliches Grauen, und es kam mir vor, als ob das Manuskript mich mit fremden, ironischen, ja boshaften Augen ansähe. Ich war in eine sonderbare Verlegenheit geraten: Autor und Schrift paßten nicht mehr zusammen. Es hatte sich nämlich um jene Zeit der obenerwähnte Widerwille gegen den Atheismus schon meines Gemütes bemeistert, und da ich mir gestehen mußte, daß allen diesen Gottlosigkeiten die Hegelsche Philosophie den furchtbarsten Vorschub geleistet, ward sie mir äußerst unbehaglich und fatal. Ich empfand überhaupt nie eine allzugroße Begeisterung für diese Philosophie, und von Überzeugung konnte in Bezug auf dieselbe gar nicht die Rede sein. Ich war nie abstrakter Denker, und ich nahm die Synthese der Hegelschen Doktrin ungeprüft an, da ihre Folgerungen meiner Eitelkeit schmeichelten. Ich war jung und stolz, und es tat meinem Hochmut wohl, als ich von Hegel erfuhr, daß nicht, wie meine Großmutter meinte, der liebe Gott, der im Himmel residiert, sondern ich selbst hier auf Erden der liebe Gott sei. Dieser törigte Stolz übte keineswegs einen verderblichen Einfluß auf meine Gefühle, die er vielmehr bis zum Heroismus steigerte; und ich machte damals einen solchen Aufwand von Großmut und Selbstaufopferung, daß ich dadurch die brillantesten Hochtaten jener guten Spießbürger der Tugend, die nur aus Pflichtgefühl handelten und nur den Gesetzen der Moral gehorchten, gewiß außerordentlich verdunkelte. War ich doch selber jetzt das lebende Gesetz der Moral und der Quell alles Rechtes und aller Befugnis. Ich war die Ursittlichkeit, ich war unsündbar, ich war die inkarnierte Reinheit; die anrüchigsten Magdalenen wurden purifiziert durch die läuternde und sühnende Macht meiner Liebesflammen, und fleckenlos wie Lilien und errötend wie keusche Rosen, mit einer ganz neuen Jungfräulichkeit, gingen sie hervor aus den Umarmungen des Gottes. Diese Restaurationen beschädigter Magdtümer, ich gestehe es, erschöpften zuweilen meine Kräfte. Aber ich gab ohne zu feilschen, und unerschöpflich war der Born meiner Barmherzigkeit. Ich war ganz Liebe und war ganz frei von Haß. Ich rächte mich auch nicht mehr an meinen Feinden, da ich im

Grunde keinen Feind mehr hatte oder vielmehr niemand als solchen anerkannte: für mich gab es jetzt nur noch Ungläubige, die an meiner Göttlichkeit zweifelten – Jede Unbill, die sie mir antaten, war ein Sacrilegium, und ihre Schmähungen waren Blasphemien. Solche Gottlosigkeiten konnte ich freilich nicht immer ungeahndet lassen, aber alsdann war es nicht eine menschliche Rache, sondern die Strafe Gottes, die den Sünder traf. Bei dieser höhern Gerechtigkeitspflege unterdrückte ich zuweilen mit mehr oder weniger Mühe alles gemeine Mitleid. Wie ich keine Feinde besaß, so gab es für mich auch keine Freunde, sondern nur Gläubige, die an meine Herrlichkeit glaubten, die mich anbeteten, auch meine Werke lobten, sowohl die versifizierten, wie die, welche ich in Prosa geschaffen, und dieser Gemeinde von wahrhaft Frommen und Andächtigen tat ich sehr viel Gutes, zumal den jungen Devotinnen.

Aber die Repräsentationskosten eines Gottes, der sich nicht lumpen lassen will und weder Leib noch Börse schont, sind ungeheuer; um eine solche Rolle mit Anstand zu spielen, sind besonders zwei Dinge unentbehrlich: viel Geld und viel Gesundheit. Leider geschah es, daß eines Tages – im Februar 1848 – diese beiden Requisiten mir abhanden kamen, und meine Göttlichkeit geriet dadurch sehr in Stocken. Zum Glück war das verehrungswürdige Publikum in jener Zeit mit so großen, unerhörten, fabelhaften Schauspielen beschäftigt, daß dasselbe die Veränderung, die damals mit meiner kleinen Person vorging, nicht besonders bemerken mochte. Ja, sie waren unerhört und fabelhaft, die Ereignisse in jenen tollen Februartagen, wo die Weisheit der Klügsten zu Schanden gemacht und die Auserwählten des Blödsinns aufs Schild gehoben wurden. Die Letzten wurden die Ersten, das Unterste kam zu oberst, sowohl die Dinge wie die Gedanken waren umgestürzt, es war wirklich die verkehrte Welt. – Wäre ich in dieser unsinnigen, auf den Kopf gestellten Zeit ein vernünftiger Mensch gewesen, so hätte ich gewiß durch jene Ereignisse meinen Verstand verloren, aber verrückt wie ich damals war, mußte das Gegenteil geschehen, und sonderbar! just in den Tagen des allgemeinen Wahnsinns kam ich selber wieder zur Vernunft! Gleich vielen anderen heruntergekommenen Göttern jener Umsturzperiode, mußte auch ich kümmerlich abdanken und in den menschlichen Privatstand wieder zurücktreten. Das war auch das Gescheiteste, das ich tun konnte. Ich kehrte zurück in die niedre Hürde der Gottesgeschöpfe, und ich huldigte wieder der Allmacht eines höchsten Wesens, das den Geschicken dieser Welt vorsteht, und das auch hinfüro meine eignen irdischen Angelegenheiten leiten sollte. Letztere waren während der Zeit, wo ich meine eigne Vorsehung war, in bedenkliche Verwirrung geraten, und ich war froh, sie gleichsam einem himmlischen Intendanten zu übertragen, der sie mit seiner Allwissenheit wirklich viel besser besorgt. Die Existenz eines Gottes war seitdem für mich nicht bloß ein Quell des Heils, sondern sie überhob mich auch aller jener quälerischen Rechnungsgeschäfte, die mir so verhaßt, und ich verdanke ihr die größten Ersparnisse. Wie für mich, brauche ich jetzt auch nicht mehr für andre zu sorgen, und seit ich zu den Frommen gehöre, gebe ich fast gar nichts mehr aus für Unterstützung von Hülfsbedürftigen; – ich bin zu bescheiden, als daß ich der göttlichen Fürsehung wie ehemals ins Handwerk pfuschen sollte, ich bin kein Gemeindeversorger mehr, kein Nachäffer Gottes, und meinen ehemaligen Klienten habe ich mit frommer Demut angezeigt, daß ich nur ein armseliges Menschengeschöpf bin, eine seufzende Kreatur, die mit der Weltregierung nichts mehr zu schaffen hat, und daß sie sich hinfüro in Not und Trübsal an den Herrgott wenden müßten, der im Himmel wohnt, und dessen Budget ebenso unermeßlich wie seine Güte ist, während ich armer Exgott sogar in meinen göttlichsten Tagen, um meinen Wohltätigkeitsgelüsten zu genügen, sehr oft den Teufel an dem Schwanz ziehen mußte.

Tirer le diable par la queue ist in der Tat einer der glücklichsten Ausdrücke der französischen Sprache, aber die Sache selbst war höchst demütigend für einen Gott. Ja, ich bin froh, meiner angemaßten Glorie entledigt zu sein, und kein Philosoph wird mir jemals wieder einreden, daß ich ein Gott sei! Ich bin nur ein armer Mensch, der obendrein nicht mehr ganz gesund und sogar sehr krank ist. In diesem Zustand ist es eine wahre Wohltat für mich, daß es jemand im Himmel gibt, dem ich beständig die Litanei meiner Leiden vorwimmern kann, besonders nach Mitternacht, wenn Mathilde sich zur Ruhe begeben, die sie oft sehr nötig hat. Gottlob! in solchen Stunden bin ich nicht allein, und ich kann beten und flennen so viel ich will, und ohne mich zu genieren, und ich kann ganz mein Herz ausschütten vor dem Allerhöchsten und ihm manches vertrauen, was wir sogar unsrer eignen Frau zu verschweigen pflegen.

Nach obigen Geständnissen wird der geneigte Leser leichtlich begreifen, warum mir meine Arbeit über die Hegelsche Philosophie nicht mehr behagte. Ich sah gründlich ein, daß der Druck derselben weder dem Publikum noch dem Autor heilsam sein konnte; ich sah ein, daß die magersten Spittelsuppen der christlichen Barmherzigkeit für die verschmachtende Menschheit noch immer erquicklicher sein dürften, als das gekochte graue Spinnweb der Hegelschen Dialektik; – ja ich will alles gestehen, ich bekam auf einmal eine große Furcht vor den ewigen Flammen – es ist freilich ein Aberglaube, aber ich hatte Furcht – und an einem stillen Winterabend, als eben in meinem Kamin ein starkes Feuer brannte, benutzte ich die schöne Gelegenheit, und ich warf mein Manuskript über die Hegelsche Philosophie in die lodernde Glut; die brennenden Blätter flogen hinauf in den Schlot mit einem sonderbaren kichernden Geknister.

Gottlob, ich war sie los! Ach könnte ich doch alles, was ich einst über die deutsche Philosophie drucken ließ, in derselben Weise vernichten! Aber das ist unmöglich, und da ich nicht einmal den Wiederabdruck bereits vergriffener Bücher verhindern kann, wie ich jüngst betrübsamlichst erfahren, so bleibt mir nichts übrig, als öffentlich zu gestehen, daß meine Darstellung der deutschen philosophischen Systeme, also fürnehmlich die ersten drei Abteilungen meines Buches *de l'Allemagne,* die sündhaftesten Irrtümer enthalten. Ich hatte die genannten drei Partien in einer deutschen Version als ein besonderes Buch drucken lassen, und da die letzte Ausgabe desselben vergriffen war, und mein Buchhändler das Recht besaß, eine neue Ausgabe zu veröffentlichen, so versah ich das Buch mit einer Vorrede, woraus ich eine Stelle hier mitteile, die mich des traurigen Geschäftes überhebt, in Bezug auf die erwähnten drei Partien der *Allemagne* mich besonders auszusprechen. Sie lautet wie folgt: »Ehrlich gestanden, es wäre mir lieb, wenn ich das Buch ganz ungedruckt lassen könnte. Es haben sich nämlich seit dem Erscheinen desselben meine Ansichten über manche Dinge, besonders über göttliche Dinge, bedenklich geändert, und manches, was ich behauptete, widerspricht jetzt meiner bessern Überzeugung. Aber der Pfeil gehört nicht mehr dem Schützen, sobald er von der Sehne des Bogens fortfliegt, und das Wort gehört nicht mehr dem Sprecher, sobald es seiner Lippe entsprungen und gar durch die Presse vervielfältigt worden. Außerdem würden fremde Befugnisse mir mit zwingendem Einspruch entgegentreten, wenn ich das Buch ungedruckt ließe und meinen Gesamtwerken entzöge. Ich könnte zwar, wie manche Schriftsteller in solchen Fällen tun, zu einer Milderung der Ausdrücke, zu Verhüllungen durch Phrase meine Zuflucht nehmen; aber ich hasse im Grund meiner Seele die zweideutigen Worte, die heuchlerischen Blumen, die feigen Feigenblätter. Einem ehrlichen Manne bleibt aber unter allen Umständen das unveräußerliche Recht, seinen Irrtum offen zu gestehen, und ich will es ohne Scheu hier ausüben. Ich bekenne daher unumwunden, daß alles, was in diesem Buche namentlich auf die große Gottesfrage Bezug hat, eben so falsch wie unbesonnen ist. Ebenso unbesonnen wie falsch ist die Behauptung, die ich der Schule nachsprach, daß der Deismus in der Theorie zu Grunde gerichtet sei und sich nur noch in der Erscheinungswelt kümmerlich hinfriste. Nein, es ist nicht wahr, daß die Vernunftkritik, welche die Beweistümer für das Dasein Gottes, wie wir dieselben seit Anselm von Canterbury kennen, zernichtet hat, auch dem Dasein Gottes selber ein Ende gemacht habe. Der Deismus lebt, lebt sein lebendigstes Leben, er ist nicht tot, und am allerwenigsten hat ihn die neueste deutsche Philosophie getötet. Diese spinnwebige Berliner Dialektik kann keinen Hund aus dem Ofenloch locken, sie kann keine Katze töten, wie viel weniger einen Gott. Ich habe es am eignen Leibe erprobt, wie wenig gefährlich ihr Umbringen ist; sie bringt immer um, und die Leute bleiben dabei am Leben. Der Türhüter der Hegelschen Schule, der grimme Ruge, behauptete einst steif und fest oder vielmehr fest und steif, daß er mich mit seinem Portierstock in den Hallischen Jahrbüchern tot geschlagen habe, und doch zur selben Zeit ging ich umher auf den Boulevards von Paris, frisch und gesund und unsterblicher als je. Der arme, brave Ruge! er selber konnte sich später nicht des ehrlichsten Lachens enthalten, als ich ihm hier in Paris das Geständnis machte, daß ich die fürchterlichen Totschlagblätter, die Hallischen Jahrbücher, nie zu Gesicht bekommen hatte, und sowohl meine vollen roten Backen, als auch der gute Appetit, womit ich Austern schluckte, überzeugten ihn, wie wenig mir der Name einer Leiche gebührte. In der Tat, ich war damals noch gesund und feist, ich stand im Zenith meines Fettes, und war so übermütig wie der König Nebukadnezar vor seinem Sturze.

Ach! einige Jahre später ist eine leibliche und geistige Veränderung eingetreten. Wie oft seitdem denke ich an die Geschichte dieses babylonischen Königs, der sich selbst für den lieben Gott hielt, aber von der Höhe seines Dünkels erbärmlich herabstürzte, wie ein Tier am Boden kroch und Gras aß – (es wird wohl Salat gewesen sein). In dem prachtvoll grandiosen Buch Daniel steht diese Legende, die ich nicht bloß dem guten Ruge, sondern auch meinem noch viel verstocktern Freunde Marx, ja auch den Herren Feuerbach, Daumer, Bruno Bauer, Hengstenberg und wie sie sonst heißen mögen, diese gottlosen

Selbstgötter, zur erbaulichen Beherzigung empfehle. Es stehen überhaupt noch viel schöne und merkwürdige Erzählungen in der Bibel, die ihrer Beachtung wert wären, z. B. gleich im Anfang die Geschichte von dem verbotenen Baume im Paradiese und von der Schlange, der kleinen Privatdozentin, die schon sechstausend Jahre vor Hegels Geburt die ganze Hegelsche Philosophie vortrug. Dieser Blaustrumpf ohne Füße zeigte sehr scharfsinnig, wie das Absolute in der Identität von Sein und Wissen besteht, wie der Mensch zum Gotte werde durch die Erkenntnis, oder was dasselbe ist, wie Gott im Menschen zum Bewußtsein seiner selbst gelange. – Diese Formel ist nicht so klar wie die ursprünglichen Worte: wenn ihr vom Baume der Erkenntnis genossen, werdet ihr wie Gott sein! Frau Eva verstand von der ganzen Demonstration nur das Eine, daß die Frucht verboten sei, und weil sie verboten, aß sie davon, die gute Frau. Aber kaum hatte sie von dem lockenden Apfel gegessen, so verlor sie ihre Unschuld, ihre naive Unmittelbarkeit, sie fand, daß sie viel zu nackend sei für eine Person von ihrem Stande, die Stammutter so vieler künftiger Kaiser und Könige, und sie verlangte ein Kleid. Freilich nur ein Kleid von Feigenblättern, weil damals noch keine Lyoner Seidenfabrikanten geboren waren, und weil es auch im Paradiese noch keine Putzmacherinnen und Modehändlerinnen gab – o Paradies! Sonderbar, sowie das Weib zum denkenden Selbstbewußtsein kommt, ist ihr erster Gedanke ein neues Kleid! Auch diese biblische Geschichte, zumal die Rede der Schlange, kommt mir nicht aus dem Sinn, und ich möchte sie als Motto diesem Buche voransetzen, in derselben Weise, wie man oft vor fürstlichen Gärten eine Tafel sieht mit der warnenden Aufschrift:

›Hier liegen Fußangeln und Selbstschüsse.‹«

Nach der Stelle, welche ich hier zitiert, folgen Geständnisse über den Einfluß, den die Lektüre der Bibel auf meine spätere Geistesevolution ausübte. Die Wiedererweckung meines religiösen Gefühls verdanke ich jenem heiligen Buche, und dasselbe ward für mich eben so sehr eine Quelle des Heils, als ein Gegenstand der frömmigsten Bewunderung. Sonderbar! Nachdem ich mein ganzes Leben hindurch mich auf allen Tanzböden der Philosophie herumgetrieben, allen Orgien des Geistes mich hingegeben, mit allen möglichen Systemen gebuhlt, ohne befriedigt worden zu sein, wie Messaline nach einer lüderlichen Nacht – jetzt befinde ich mich plötzlich auf demselben Standpunkt, worauf auch der Onkel Tom steht, auf dem der Bibel, und ich kniee neben dem schwarzen Betbruder nieder in derselben Andacht –

Welche Demütigung! mit all meiner Wissenschaft habe ich es nicht weiter gebracht, als der arme unwissende Neger, der kaum buchstabieren gelernt! Der arme Tom scheint freilich in dem heiligen Buche noch tiefere Dinge zu sehen, als ich, dem besonders die letzte Partie noch nicht ganz klar geworden. Tom versteht sie vielleicht besser, weil mehr Prügel darin vorkommen, nämlich jene unaufhörlichen Peitschenhiebe, die mich manchmal bei der Lektüre der Evangelien und der Apostelgeschichte sehr unästhetisch anwiderten. So ein armer Negersklave liest zugleich mit dem Rücken, und begreift daher viel besser als wir. Dagegen glaube ich mir schmeicheln zu dürfen, daß mir der Charakter des Moses in der ersten Abteilung des heiligen Buches einleuchtender aufgegangen sei. Diese große Figur hat mir nicht wenig imponiert. Welche Riesengestalt! Ich kann mir nicht vorstellen, daß Ok, König von Basan, größer gewesen sei. Wie klein erscheint der Sinai, wenn der Moses darauf steht!

Dieser Berg ist nur das Postament, worauf die Füße des Mannes stehen, dessen Haupt in den Himmel hineinragt, wo er mit Gott spricht – Gott verzeih mir die Sünde, manchmal wollte es mich bedünken, als sei dieser mosaische Gott nur der zurückgestrahlte Lichtglanz des Moses selbst, dem er so ähnlich sieht, ähnlich in Zorn und in Liebe. – Es wäre eine große Sünde, es wäre Anthropomorphismus, wenn man eine solche Identität des Gottes und seines Propheten annähme – aber die Ähnlichkeit ist frappant.

Ich hatte Moses früher nicht sonderlich geliebt, wahrscheinlich weil der hellenische Geist in mir vorwaltend war, und ich dem Gesetzgeber der Juden seinen Haß gegen alle Bildlichkeit, gegen die Plastik, nicht verzeihte. Ich sah nicht, daß Moses, trotz seiner Befeindung der Kunst, dennoch selber ein großer Künstler war und den wahren Künstlergeist besaß. Nur war dieser Künstlergeist bei ihm, wie bei seinen ägyptischen Landsleuten, nur auf das Kolossale und Unverwüstliche gerichtet. Aber nicht wie die Ägypter formierte er seine Kunstwerke aus Backstein und Granit, sondern er baute Menschenpyramiden, er meißelte Menschen-Obelisken, er nahm einen armen Hirtenstamm und schuf daraus ein Volk, das ebenfalls den Jahrhunderten trotzen sollte, ein großes, ewiges, heiliges Volk, ein Volk Gottes, das allen andern Völkern als Muster, ja der ganzen Menschheit als Prototyp dienen konnte: er schuf Israel! Mit größerm Rechte als der römische Dichter darf jener Künstler, der Sohn Amrams und der Hebamme Jochebet, sich rühmen, ein Monument errichtet zu haben, das alle Bildungen aus Erz überdauern wird!

Wie über den Werkmeister, hab ich auch über das Werk, die Juden, nie mit hinlänglicher Ehrfurcht gesprochen, und zwar gewiß wieder meines hellenischen Naturells wegen, dem der judäische Ascetismus zuwider war. Meine Vorliebe für Hellas hat seitdem abgenommen. Ich sehe jetzt, die Griechen waren nur schöne Jünglinge, die Juden aber waren immer Männer, gewaltige, unbeugsame Männer, nicht bloß ehemals, sondern bis auf den heutigen Tag, trotz achtzehn Jahrhunderten der Verfolgung und des Elends. Ich habe sie seitdem besser würdigen gelernt, und wenn nicht jeder Geburtsstolz bei dem Kämpen der Revolution und ihrer demokratischen Prinzipien ein närrischer Widerspruch wäre, so könnte der Schreiber dieser Blätter stolz darauf sein, daß seine Ahnen dem edlen Hause Israel angehörten, daß er ein Abkömmling jener Märtyrer, die der Welt einen Gott und eine Moral gegeben, und auf allen Schlachtfeldern des Gedankens gekämpft und gelitten haben.

Die Geschichte des Mittelalters und selbst der modernen Zeit hat selten in ihre Tagesberichte die Namen solcher Ritter des heiligen Geistes eingezeichnet, denn sie fochten gewöhnlich mit verschlossenem Visier. Eben so wenig die Taten der Juden, wie ihr eigentliches Wesen, sind der Welt bekannt. Man glaubt sie zu kennen, weil man ihre Bärte gesehen, aber mehr kam nie von ihnen zum Vorschein, und wie im Mittelalter sind sie auch noch in der modernen Zeit ein wandelndes Geheimnis. Es mag enthüllt werden an dem Tage, wovon der Prophet geweissagt, daß es alsdann nur noch einen Hirten und eine Herde geben wird, und der Gerechte, der für das Heil der

Menschheit geduldet, seine glorreiche Anerkennung empfängt.

Man sieht, ich, der ich ehemals den Homer zu zitieren pflegte, ich zitiere jetzt die Bibel, wie der Onkel Tom. In der Tat, ich verdanke ihr viel. Sie hat, wie ich oben gesagt, das religiöse Gefühl wieder in mir erweckt; und diese Wiedergeburt des religiösen Gefühls genügte dem Dichter, der vielleicht weit leichter als andre Sterbliche der positiven Glaubensdogmen entbehren kann. Er hat die Gnade, und seinem Geist erschließt sich die Symbolik des Himmels und der Erde; er bedarf dazu keines Kirchenschlüssels. Die törigtsten und widersprechendsten Gerüchte sind in dieser Beziehung über mich in Umlauf gekommen. Sehr fromme, aber nicht sehr gescheute Männer des protestantischen Deutschlands haben mich dringend befragt, ob ich dem lutherisch evangelischen Bekenntnisse, zu welchem ich mich bisher nur in lauer, offizieller Weise bekannte, jetzt wo ich krank und gläubig geworden, mit größerer Sympathie als zuvor zugetan sei? Nein, ihr lieben Freunde, es ist in dieser Beziehung keine Änderung mit mir vorgegangen, und wenn ich überhaupt dem evangelischen Glauben angehörig bleibe, so geschieht es weil er mich auch jetzt durchaus nicht geniert, wie er mich früher nie allzusehr genierte. Freilich, ich gestehe es aufrichtig, als ich mich in Preußen und zumal in Berlin befand, hätte ich, wie manche meiner Freunde, mich gern von jedem kirchlichen Bande bestimmt losgesagt, wenn nicht die dortigen Behörden jedem, der sich zu keiner von den staatlich privilegierten positiven Religionen bekannte, den Aufenthalt in Preußen und zumal in Berlin verweigerten. Wie *Henri IV.* einst lachend sagte: *Paris vaut bien une messe*, so konnte ich mit Fug sagen: *Berlin vaut bien un prêche,* und ich konnte mir, nach wie vor, das sehr aufgeklärte und von jedem Aberglauben filtrierte Christentum gefallen lassen, das man damals sogar ohne Gottheit Christi, wie Schildkrötensuppe ohne Schildkröte, in den Berliner Kirchen haben konnte. Zu jener Zeit war ich selbst noch ein Gott, und keine der positiven Religionen hatte mehr Wert für mich als die andere; ich konnte aus Courtoisie ihre Uniformen tragen, wie z. B. der russische Kaiser sich in einen preußischen Gardeoffizier verkleidet, wenn er dem König von Preußen die Ehre erzeigt, einer Revüe in Potsdam beizuwohnen.

Jetzt wo durch das Wiedererwachen des religiösen Gefühls, sowie auch durch meine körperlichen Leiden, mancherlei Veränderung in mir vorgegangen – entspricht jetzt die lutherische Glaubens-Uniform einigermaßen meinem innersten Gedanken? Inwieweit ist das offizielle Bekenntnis zur Wahrheit geworden? Solcher Frage will ich durch keine direkte Beantwortung begegnen, sie soll mir nur eine Gelegenheit bieten, die Verdienste zu beleuchten, die sich der Protestantismus, nach meiner jetzigen Einsicht, um das Heil der Welt erworben; und man mag danach ermessen, inwiefern ihm eine größere Sympathie von meiner Seite gewonnen ward.

Früherhin, wo die Philosophie ein überwiegendes Interesse für mich hatte, wußte ich den Protestantismus nur wegen der Verdienste zu schätzen, die er sich durch die Eroberung der Denkfreiheit erworben, die doch der Boden ist, auf welchem sich später Leibniz, Kant und Hegel bewegen konnten – Luther, der gewaltige Mann mit der Axt, mußte diesen Kriegern vorangehen und ihnen den Weg bahnen. In dieser Beziehung habe ich auch die

Reformation als den Anfang der deutschen Philosophie gewürdigt und meine kampflustige Parteinahme für den Protestantismus justifiziert. Jetzt, in meinen spätern und reifern Tagen, wo das religiöse Gefühl wieder überwältigend in mir aufwogt, und der gescheiterte Metaphysiker sich an die Bibel festklammert: jetzt würdige ich den Protestantismus ganz absonderlich ob der Verdienste, die er sich durch die Auffindung und Verbreitung des heiligen Buches erworben. Ich sage die Auffindung, denn die Juden, die dasselbe aus dem großen Brande des zweiten Tempels gerettet, und es im Exile gleichsam wie ein portatives Vaterland mit sich herumschleppten, das ganze Mittelalter hindurch, sie hielten diesen Schatz sorgsam verborgen in ihrem Ghetto, wo die deutschen Gelehrten, Vorgänger und Beginner der Reformation, hinschlichen, um Hebräisch zu lernen, um den Schlüssel zu der Truhe zu gewinnen, welche den Schatz barg. Ein solcher Gelehrter war der fürtreffliche Reuchlinus, und die Feinde desselben, die Hochstraaten & Comp. in Köln, die man als blödsinnige Dunkelmänner darstellte, waren keineswegs so ganz dumme Tröpfe, sondern sie waren fernsichtige Inquisitoren, welche das Unheil, das die Bekanntschaft mit der heiligen Schrift für die Kirche herbeiführen würde, wohl voraussahen; daher ihr Verfolgungseifer gegen alle hebräische Schriften, die sie ohne Ausnahme zu verbrennen rieten, während sie die Dolmetscher dieser heiligen Schriften, die Juden, durch den verhetzten Pöbel auszurotten suchten. Jetzt, wo die Motive jener Vorgänge aufgedeckt liegen, sieht man wie jeder im Grunde recht hatte. Die Kölner Dunkelmänner glaubten das Seelenheil der Welt bedroht, und alle Mittel, sowohl Lüge als Mord, dünkten ihnen erlaubt, zumal in Betreff der Juden. Das arme niedere Volk, die Kinder des Erb-Elends, haßte die Juden schon wegen ihrer aufgehäuften Schätze, und was heutzutage der Haß der Proletarier gegen die Reichen überhaupt genannt wird, hieß ehemals Haß gegen die Juden. In der Tat, da diese letztern, ausgeschlossen von jedem Grundbesitz und jedem Erwerb durch Handwerk, nur auf den Handel und die Geldgeschäfte angewiesen waren, welche die Kirche für Rechtgläubige verpönte, so waren sie, die Juden, gesetzlich dazu verdammt, reich, gehaßt und ermordet zu werden. Solche Ermordungen freilich trugen in jenen Zeiten noch einen religiösen Deckmantel, und es hieß, man müsse diejenigen töten, die einst unsern Herrgott getötet. Sonderbar! eben das Volk, das der Welt einen Gott gegeben, und dessen ganzes Leben nur Gottesandacht atmete, ward als Deicide verschrien! Die blutige Parodie eines solchen Wahnsinns sahen wir beim Ausbruch der Revolution von Sankt Domingo, wo ein Negerhaufen, der die Pflanzungen mit Mord und Brand heimsuchte, einen schwarzen Fanatiker an seiner Spitze hatte, der ein ungeheures Kruzifix trug und blutdürstig schrie: Die Weißen haben Christum getötet, laßt uns alle Weißen totschlagen!

Ja, den Juden, denen die Welt ihren Gott verdankt, verdankt sie auch dessen Wort, die Bibel; sie haben sie gerettet aus dem Bankerott des römischen Reichs, und in der tollen Raufzeit der Völkerwanderung bewahrten sie das teure Buch, bis es der Protestantismus bei ihnen aufsuchte und das gefundene Buch in die Landessprachen übersetzte und in alle Welt verbreitete. Diese Verbreitung hat die segensreichsten Früchte hervorgebracht, und dauert noch bis auf heutigen Tag, wo die Propaganda der Bibelgesellschaft eine providentielle Sendung erfüllt, die bedeutsamer ist und jedenfalls ganz andere Folgen haben wird, als die frommen Gentlemen dieser britischen Christentums-Speditions-Sozietät selber ahnen. Sie glauben eine kleine enge Dogmatik zur Herrschaft zu bringen und wie das Meer, auch den Himmel zu monopolisieren, denselben zur britischen Kirchendomäne zu machen: und siehe! sie fördern, ohne es zu wissen, den Untergang aller protestantischen Sekten, die alle in der Bibel ihr Leben haben und in einem allgemeinen Bibeltume aufgehen. Sie fördern die große Demokratie, wo jeder Mensch nicht bloß König, sondern auch Bischof in seiner Hausburg sein soll; indem sie die Bibel über die ganze Erde verbreiten, sie sozusagen der ganzen Menschheit durch merkantilische Kniffe, Schmuggel und Tausch, in die Hände spielen und der Exegese, der individuellen Vernunft überliefern, stiften sie das große Reich des Geistes, das Reich des religiösen Gefühls, der Nächstenliebe, der Reinheit und der wahren Sittlichkeit, die nicht durch dogmatische Begriffsformeln gelehrt werden kann, sondern durch Bild und Beispiel, wie dergleichen enthalten ist in dem schönen heiligen Erziehungsbuche für kleine und große Kinder, in der Bibel.

Es ist für den beschaulichen Denker ein wunderbares Schauspiel, wenn er die Länder betrachtet, wo die Bibel schon seit der Reformation ihren bildenden Einfluß ausgeübt auf die Bewohner, und ihnen in Sitte, Denkungsart und Gemütlichkeit jenen Stempel des palästinischen Lebens aufgeprägt hat, das in dem alten wie in dem neuen Testamente sich bekundet. Im Norden von Europa und Amerika, namentlich in den skandinavischen und anglosächsischen, überhaupt in germanischen und einigermaßen auch in celtischen Landen, hat sich das Palästinatum so geltend gemacht, daß man sich dort unter Juden versetzt zu sehen glaubt. Z. B. die protestantischen Schotten, sind sie nicht Hebräer, deren Namen überall biblisch, deren Cant sogar etwas jerusalemitisch-pharisäisch klingt, und deren Religion nur ein Judentum ist, welches Schweinefleisch frißt? So ist es auch mit manchen Provinzen Norddeutschlands und mit Dänemark; ich will gar nicht reden von den meisten neuen Gemeinden der vereinigten Staaten, wo man das alttestamentarische Leben pedantisch nachäfft. Letzteres erscheint hier wie daguerreotypiert, die Konturen sind ängstlich richtig, doch alles ist grau in grau, und es fehlt der sonnige Farbenschmelz des gelobten Landes. Aber die Karikatur wird einst schwinden, das Echte, Unvergängliche und Wahre, nämlich die Sittlichkeit des alten Judentums, wird in jenen Ländern ebenso gotterfreulich blühen, wie einst am Jordan und auf den Höhen des Libanons. Man hat keine Palme und Kamele nötig, um gut zu sein, und Gutsein ist besser denn Schönheit.

Vielleicht liegt es nicht bloß in der Bildungsfähigkeit der erwähnten Völker, daß sie das jüdische Leben in Sitte und Denkweise so leicht in sich aufgenommen. Der Grund dieses Phänomens ist vielleicht auch in dem Charakter des jüdischen Volks zu suchen, das immer sehr große Wahlverwandtschaft mit dem Charakter der germanischen und einigermaßen auch der celtischen Race hatte. Judäa erschien mir immer wie ein Stück Okzident, das sich mitten in den Orient verloren. In der Tat, mit seinem spiritualistischen Glauben, seinen strengen, keuschen, sogar ascetischen Sitten, kurz mit seiner abstrakten Innerlichkeit, bildete dieses Land und sein Volk immer den sonderbarsten Gegensatz zu den Nachbar-Ländern und Nachbar-Völkern, die den üppig buntesten und brünstigsten Naturkulten huldigend, im bacchantischen Sinnenjubel ihr Dasein verluderten. Israel saß fromm unter seinem Feigenbaum und sang das Lob des unsichtbaren Gottes und übte Tugend und Gerechtigkeit, während in den Tempeln von Babel, Ninive, Sidon und Tyrus jene blutigen und unzüchtigen Orgien gefeiert wurden, ob deren Beschreibung uns noch jetzt das Haar sich sträubt! Bedenkt man diese Umgebung, so kann man die frühe Größe Israels nicht genug bewundern. Von der Freiheitsliebe Israels, während nicht bloß in seiner Umgebung, sondern bei allen Völkern des Altertums, sogar bei den philosophischen Griechen, die Sklaverei justifiziert war und in Blüte stand, will ich gar nicht reden, um die Bibel nicht zu kompromittieren bei den jetzigen Gewalthabern. Es gibt wahrhaftig keinen Sozialisten, der terroristischer wäre als unser Herr und Heiland, und bereits Moses war ein solcher Sozialist, obgleich er, als ein praktischer Mann, bestehende Gebräuche, namentlich in Bezug auf das Eigentum, nur umzumodeln suchte. Ja, statt mit dem Unmöglichen zu ringen, statt die Abschaffung des Eigentums tollköpfig zu dekretieren, erstrebte Moses nur die Moralisation desselben, er suchte das Eigentum in Einklang zu bringen mit der Sittlichkeit, mit dem wahren Vernunftrecht, und solches bewirkte er durch die Einführung des Jubeljahrs, wo jedes alienierte Erbgut, welches bei einem ackerbauenden Volke immer Grundbesitz war, an den ursprünglichen Eigentümer zurückfiel, gleichviel in welcher Weise dasselbe veräußert worden. Diese Institution bildet den entschiedensten Gegensatz zu der »Verjährung« bei den Römern, wo nach

Ablauf einer gewissen Zeit der faktische Besitzer eines Gutes von dem legitimen Eigentümer nicht mehr zur Rückgabe gezwungen werden kann, wenn letzterer nicht zu beweisen vermag, während jener Zeit eine solche Restitution in gehöriger Form begehrt zu haben. Diese letzte Bedingnis ließ der Chicane offnes Feld, zumal in einem Staate, wo Despotismus und Jurisprudenz blühte und dem ungerechten Besitzer alle Mittel der Abschreckung, besonders dem Armen gegenüber, der die Streitkosten nicht erschwingen kann, zu Gebote stehn. Der Römer war zugleich Soldat und Advokat, und das Fremdgut, das er mit dem Schwerte erbeutet, wußte er durch Zungendrescherei zu verteidigen. Nur ein Volk von Räubern und Kasuisten konnte die Proskription, die Verjährung, erfinden und dieselbe konsekrieren in jenem abscheulichsten Buche, welches die Bibel des Teufels genannt werden kann, im Codex des römischen Zivilrechts, der leider noch jetzt herrschend ist.

Ich habe oben von der Verwandtschaft gesprochen, welche zwischen Juden und Germanen, die ich einst »die beiden Völker der Sittlichkeit« nannte, stattfindet, und in dieser Beziehung erwähne ich auch als einen merkwürdigen Zug den ethischen Unwillen, womit das alte deutsche Recht die Verjährung stigmatisiert; in dem Munde des niedersächsischen Bauers lebt noch heute das rührend schöne Wort: »hundert Jahr Unrecht machen nicht ein Jahr Recht«. Die mosaische Gesetzgebung protestiert noch entschiedener durch die Institution des Jubeljahrs. Moses wollte nicht das Eigentum abschaffen, er wollte vielmehr, daß jeder dessen besäße, damit niemand durch Armut ein Knecht mit knechtischer Gesinnung sei. Freiheit war immer des großen Emanzipators letzter

Gedanke, und dieser atmet und flammt in allen seinen Gesetzen, die den Pauperismus betreffen. Die Sklaverei selbst haßte er über alle Maßen, schier ingrimmig, aber auch diese Unmenschlichkeit konnte er nicht ganz vernichten, sie wurzelte noch zu sehr im Leben jener Urzeit, und er mußte sich darauf beschränken, das Schicksal der Sklaven gesetzlich zu mildern, den Loskauf zu erleichtern und die Dienstzeit zu beschränken. Wollte aber ein Sklave, den das Gesetz endlich befreite, durchaus nicht das Haus des Herrn verlassen, so befahl Moses, daß der unverbesserliche servile Lump mit dem Ohr an den Türpfosten des herrschaftlichen Hauses angenagelt würde, und nach dieser schimpflichen Ausstellung war er verdammt, auf Lebenszeit zu dienen. O Moses, unser Lehrer, Mosche Rabenu, hoher Bekämpfer der Knechtschaft, reiche mir Hammer und Nägel, damit ich unsre gemütlichen Sklaven in schwarzrotgoldner Livree mit ihren langen Ohren festnagle an das Brandenburger Tor!

Ich verlasse den Ozean allgemeiner religiös-moralisch-historischer Betrachtungen, und lenke mein Gedankenschiff wieder bescheiden in das stille Binnenlandgewässer, wo der Autor so treu sein eignes Bild abspiegelt.

Ich habe oben erwähnt, wie protestantische Stimmen aus der Heimat, in sehr indiskret gestellten Fragen, die Vermutung ausdrückten, als ob bei dem Wiedererwachen meines religiösen Gefühls auch der Sinn für das Kirchliche in mir stärker geworden. Ich weiß nicht, inwieweit ich merken ließ, daß ich weder für ein Dogma noch für irgendeinen Kultus außerordentlich schwärme und ich in dieser Beziehung derselbe geblieben bin, der ich immer war. Ich mache dieses Geständnis jetzt auch, um einigen Freunden, die mit großem Eifer der römisch-katholischen Kirche zugetan sind, einen Irrtum zu benehmen, in den sie ebenfalls in Bezug auf meine jetzige Denkungsart verfallen sind. Sonderbar! zur selben Zeit, wo mir in Deutschland der Protestantismus die unverdiente Ehre erzeigte, mir eine evangelische Erleuchtung zuzutrauen, verbreitete sich auch das Gerücht, als sei ich zum katholischen Glauben übergetreten, ja manche gute Seelen versicherten, ein solcher Übertritt habe schon vor vielen Jahren stattgefunden, und sie unterstützten ihre Behauptung mit der Angabe der bestimmtesten Details, sie nannten Zeit und Ort, sie gaben Tag und Datum an, sie bezeichneten mit Namen die Kirche, wo ich die Ketzerei des Protestantismus abgeschworen und den alleinseligmachenden römisch-katholisch-apostolischen Glauben angenommen haben sollte; es fehlte nur die Angabe, wie viel Glockengeläute und Schellengeklingel der Meßner bei dieser Feierlichkeit spendierte.

Wie sehr solches Gerücht Konsistenz gewonnen, ersehe ich aus Blättern und Briefen, die mir zukommen, und ich gerate fast in eine wehmütige Verlegenheit, wenn ich die wahrhafte Liebesfreude sehe, die sich in manchen Zuschriften so rührend ausspricht. Reisende erzählen mir, daß meine Seelenrettung sogar der Kanzelberedsamkeit Stoff geliefert. Junge katholische Geistliche wollen ihre homiletischen Erstlingsschriften meinem Patronate anvertrauen. Man sieht in mir ein künftiges Kirchenlicht. Ich kann nicht darüber lachen, denn der fromme Wahn ist so ehrlich gemeint – und was man auch den Zeloten des Katholizismus nachsagen mag, eins ist gewiß: sie sind keine Egoisten, sie bekümmern sich um ihre Nebenmenschen; leider oft ein bißchen zu viel. Jene falschen Gerüchte kann ich nicht der Böswilligkeit, sondern nur dem Irrtum zuschreiben; die unschuldigsten Tatsachen hat hier gewiß nur der Zufall entstellt. Es hat nämlich ganz seine Richtigkeit mit jener Angabe von Zeit und Ort, ich war in der Tat an dem genannten Tage in der genannten Kirche, die sogar einst eine Jesuitenkirche gewesen, nämlich in Saint-Sulpice, und ich habe mich dort einem religiösen Akte unterzogen – Aber dieser Akt war keine gehässige Abjuration, sondern eine sehr unschuldige Konjugation; ich ließ nämlich dort meine Ehe mit meiner Gattin, nach der Ziviltrauung, auch kirchlich einsegnen, weil meine Gattin, von erzkatholischer Familie, ohne solche Zeremonie sich nicht

Saint-Sulpice in Paris. In dieser Pfarrkirche gaben sich Heine und Mathilde nach römisch-katholischem Ritus am 31. August 1841 das Eheversprechen.
Lithographie von Adolphe Jean-Baptiste Bayot nach Philippe Benoist.
Foto: Heinrich-Heine-Institut, Düsseldorf

gottgefällig genug verheiratet geglaubt hätte. Und ich wollte um keinen Preis bei diesem teuren Wesen in den Anschauungen der angebornen Religion eine Beunruhigung oder Störnis verursachen.

Es ist übrigens sehr gut, wenn die Frauen einer positiven Religion anhängen. Ob bei den Frauen evangelischer Konfession mehr Treue zu finden, lasse ich dahingestellt sein. Jedenfalls ist der Katholizismus der Frauen für den Gemahl sehr heilsam. Wenn sie einen Fehler begangen haben, behalten sie nicht lange den Kummer darüber im Herzen, und sobald sie vom Priester Absolution erhielten, sind sie wieder trällernd aufgeheitert und verderben sie ihrem Manne nicht die gute Laune oder Suppe durch kopfhängerisches Nachgrübeln über eine Sünde, die sie sich verpflichtet halten, bis an ihr Lebensende durch grämliche Prüderie und zänkische Übertugend abzubüßen. Auch noch in andrer Beziehung ist die Beichte hier so nützlich: die Sünderin behält ihr furchtbares Geheimnis nicht lange lastend im Kopfe, und da doch die Weiber am Ende alles ausplaudern müssen, ist es besser, sie gestehen gewisse Dinge nur ihrem Beichtiger, als daß sie in die Gefahr geraten, plötzlich in überwallender Zärtlichkeit oder Schwatzsucht oder Gewissensbissigkeit dem armen Gatten die fatalen Geständnisse zu machen!

Der Unglauben ist in der Ehe jedenfalls gefährlich, und so freigeistig ich selbst gewesen, so durfte doch in meinem Hause nie ein frivoles Wort gesprochen werden. Wie ein ehrsamer Spießbürger lebte ich mitten in Paris, und deshalb, als ich heiratete, wollte ich auch kirchlich getraut werden, obgleich hier zu Lande die gesetzlich eingeführte Zivil-Ehe hinlänglich von der Gesellschaft anerkannt ist. Meine liberalen Freunde grollten mir des-

Mathilde Heine (1815–1883) (geb. Crescence Eugénie Mirat).
Stich von E. Hofmann.
Foto: Heinrich-Heine-Institut, Düsseldorf

halb, und überschütteten mich mit Vorwürfen, als hätte ich der Klerisei eine zu große Konzession gemacht. Ihr Murrsinn über meine Schwäche würde sich noch sehr gesteigert haben, hätten sie gewußt, wie viel größere Konzessionen ich damals der ihnen verhaßten Priesterschaft machte. Als Protestant, der sich mit einer Katholikin verheiratete, bedurfte ich, um von einem katholischen Priester kirchlich getraut zu werden, eine besondere Dispens des Erzbischofs, der diese aber in solchen Fällen nur unter der Bedingung erteilt, daß der Gatte sich schriftlich verpflichtet, die Kinder, die er zeugen würde, in der Religion ihrer Mutter erziehen zu lassen. Es wird hierüber ein Revers ausgestellt, und wie sehr auch die protestantische Welt über solchen Zwang schreit, so will mich bedünken, als sei die katholische Priesterschaft ganz in ihrem Rechte, denn wer ihre einsegnende Garantie nachsucht, muß sich auch ihren Bedingungen fügen. Ich fügte mich denselben ganz *de bonne foi,* und ich wäre gewiß meiner Verpflichtung redlich nachgekommen. Aber unter uns gesagt, da ich wohl wußte, daß Kinderzeugen nicht meine Spezialität ist, so konnte ich besagten Revers mit desto leichterm Gewissen unterzeichnen, und als ich die Feder aus der Hand legte, kicherten in meinem Gedächtnis die Worte der schönen Ninon de Lenclos: *O, le beau billet qu'a Lechastre!*

Ich will meinen Bekenntnissen die Krone aufsetzen, indem ich gestehe, daß ich damals, um die Dispens des Erzbischofs zu erlangen, nicht bloß meine Kinder, sondern sogar mich selbst der katholischen Kirche verschrieben hätte – Aber der *ogre de Rome,* der wie das Ungeheuer in den Kindermärchen sich die künftige Geburt für seine Dienste ausbedingt, begnügte sich mit den armen Kindern, die freilich nicht geboren wurden, und so blieb ich ein Protestant, nach wie vor, ein protestierender Protestant, und ich protestiere gegen Gerüchte, die, ohne verunglimpfend zu sein, dennoch zu Schaden meines guten Leumunds ausgebeutet werden können.

Ja, ich, der ich immer selbst das aberwitzigste Gerede, ohne mich viel darum zu bekümmern, über mich hingehen ließ, ich habe mich zu obiger Berichtigung verpflichtet geglaubt, um der Partei des edlen Atta Troll, die noch immer in Deutschland herumtroddelt, keinen Anlaß zu gewähren, in ihrer täppisch treulosen Weise meinen Wankelmut zu bejammern und dabei wieder auf ihre eigne, unwandelbare, in der dicksten Bärenhaut eingenähte Charakterfestigkeit zu pochen. Gegen den armen *ogre de Rome,* gegen die römische Kirche, ist also diese Reklamation nicht gerichtet. Ich habe längst aller Befehdung derselben entsagt, und längst ruht in der Scheide das Schwert, das ich einst zog im Dienste einer Idee, und nicht einer Privatleidenschaft. Ja, ich war in diesem Kampf gleichsam ein *officier de fortune,* der sich brav schlägt, aber nach der Schlacht oder nach dem Scharmützel keinen Tropfen Groll im Herzen bewahrt, weder gegen die bekämpfte Sache, noch gegen ihre Vertreter. Von fanatischer Feindschaft gegen die römische Kirche kann bei mir nicht die Rede sein, da es mir immer an jener Borniertheit fehlt, die zu einer solchen Animosität nötig ist. Ich kenne zu gut meine geistige Taille, um nicht zu wissen, daß ich einem Kolosse, wie die Peterskirche ist, mit meinem wütendsten Anrennen wenig schaden dürfte; nur ein bescheidener Handlanger konnte ich sein bei dem langsamen Abtragen seiner Quadern, welches Geschäft freilich doch noch viele Jahrhunderte dauern mag. Ich war zu sehr Geschichtskundiger, als daß ich nicht die Riesenhaftigkeit jenes Granitgebäudes erkannt hätte; – nennt es immerhin die Bastille des Geistes, behauptet immerhin, dieselbe werde jetzt nur noch von Invaliden verteidigt: aber es ist darum nicht minder wahr, daß auch diese Bastille nicht so leicht einzunehmen wäre, und noch mancher junge Anstürmer an seinen Wällen den Hals brechen wird. Als Denker, als Metaphysiker, muß ich immer der Konsequenz der römisch-katholischen Dogmatik meine Bewunderung zollen; auch darf ich mich rühmen, weder das Dogma noch den Kultus je durch Witz und Spötterei bekämpft zu haben, und man hat mir zugleich zu viel Ehre und zu viel Unehre erzeigt, wenn man mich einen Geistesverwandten Voltaires nannte. Ich war immer ein Dichter, und deshalb mußte sich mir die Poesie, welche in der Symbolik des katholischen Dogmas und Kultus blüht und lodert, viel tiefer als andern Leuten offenbaren, und nicht selten in meiner Jünglingszeit überwältigte auch mich die unendliche Süße, die geheimnisvoll selige Überschwenglichkeit und schauerliche Todeslust jener Poesie: auch ich schwärmte manchmal für die hochgebenedeite Königin des Himmels, die Legenden ihrer Huld und Güte brachte ich in zierliche Reime, und meine erste Gedichtesammlung enthält Spuren dieser schönen Madonna-Periode, die ich in spätern Sammlungen lächerlich sorgsam ausmerzte.

Die Zeit der Eitelkeit ist vorüber, und ich erlaube jedem, über diese Geständnisse zu lächeln.

Ich brauche wohl nicht erst zu gestehen, daß in derselben Weise, wie kein blinder Haß gegen die römische Kirche in mir waltete, auch keine kleinliche Rancune gegen ihre Priester in meinem Gemüte nisten konnte: wer meine satirische Begabnis und die Bedürfnisse meines parodierenden Übermuts kennt, wird mir gewiß das Zeugnis erteilen, daß ich die menschlichen Schwächen der Klerisei immer schonte, obgleich in meiner spätern Zeit die frommtuenden, aber dennoch sehr bissigen Ratten, die in den Sakristeien Bayerns und Österreichs herumrascheln, das verfaulte Pfaffengeschmeiß, mich oft genug zur Gegenwehr reizte. Aber ich bewahrte im zornigsten Ekel dennoch immer eine Ehrfurcht vor dem wahren Priesterstand, indem ich, in die Vergangenheit zurückblickend, der Verdienste gedachte, die er sich einst um mich erwarb. Denn katholische Priester waren es, denen ich als Kind meinen ersten Unterricht verdankte; sie leiteten meine ersten Geistesschritte. Auch in der höhern Unterrichtsanstalt zu Düsseldorf, welche unter der französischen Regierung das Lyceum hieß, waren die Lehrer fast lauter katholische Geistliche, die sich alle mit ernster Güte meiner Geistesbildung annahmen; seit der preußischen Invasion, wo auch jene Schule den preußisch-griechischen Namen Gymnasium annahm, wurden die Priester allmählich durch weltliche Lehrer ersetzt. Mit ihnen wurden auch ihre Lehrbücher abgeschafft, die kurzgefaßten, in lateinischer Sprache geschriebenen Leitfaden und Chrestomatien, welche noch aus den Jesuitenschulen herstammten, und sie wurden ebenfalls ersetzt durch neue Grammatiken und Kompendien, geschrieben in einem schwindsüchtigen, pedantischen Berlinerdeutsch, in einem abstrakten Wissenschaftsjargon, der den jungen Intelligenzen minder zugänglich war, als das leichtfaßliche, natürliche und gesunde Jesuitenlatein. Wie man auch über die Jesuiten denkt, so muß man doch eingestehen, sie bewährten immer einen praktischen

Sinn im Unterricht, und ward auch bei ihrer Methode die Kunde des Altertums sehr verstümmelt mitgeteilt, so haben sie doch diese Altertumskenntnis sehr verallgemeinert, sozusagen demokratisiert, sie ging in die Massen über, statt daß bei der heutigen Methode der einzelne Gelehrte, der Geistesaristokrat das Altertum und die Alten besser begreifen lernt, aber der großen Volksmenge sehr selten ein klassischer Brocken, irgendein Stück Herodot oder eine Äsopische Fabel oder ein Horazischer Vers im Hirntopfe zurückbleibt, wie ehemals, wo die armen Leute an den alten Schulbrotkrusten ihrer Jugend später noch lange zu knuspern hatten. So ein bißchen Latein ziert den ganzen Menschen, sagte mir einst ein alter Schuster, dem aus der Zeit, wo er mit dem schwarzen Mäntelchen in das Jesuitenkollegium ging, so mancher schöne Ciceronianische Passus aus den Catilinarischen Reden im Gedächtnisse geblieben, den er gegen heutige Demagogen so oft und so spaßhaft glücklich zitierte. Pädagogik war die Spezialität der Jesuiten, und obgleich sie dieselbe im Interesse ihres Ordens treiben wollten, so nahm doch die Leidenschaft für die Pädagogik selbst, die einzige menschliche Leidenschaft die ihnen blieb, manchmal die Oberhand, sie vergaßen ihren Zweck, die Unterdrückung der Vernunft zu Gunsten des Glaubens, und statt die Menschen wieder zu Kindern zu machen, wie sie beabsichtigten, haben sie im Gegenteil, gegen ihren Willen, durch den Unterricht die Kinder zu Menschen gemacht. Die größten Männer der Revolution sind aus den Jesuitenschulen hervorgegangen, und ohne die Disziplin dieser letztern wäre vielleicht die große Geisterbewegung erst ein Jahrhundert später ausgebrochen.

Arme Väter von der Gesellschaft Jesu! Ihr seid der Popanz und der Sündenbock der liberalen Partei geworden, man hat jedoch nur Eure Gefährlichkeit, aber nicht Eure Verdienste begriffen. Was mich betrifft, so konnte ich nie einstimmen in das Zetergeschrei meiner Genossen, die bei dem Namen Loyola immer in Wut gerieten, wie Ochsen, denen man einen roten Lappen vorhält! Und dann, ohne im Geringsten die Hut meiner Partei-Interessen zu verabsäumen, mußte ich mir in der Besonnenheit meines Gemütes zuweilen gestehen, wie es oft von den kleinsten Zufälligkeiten abhing, daß wir dieser statt jener Partei zufielen und uns jetzt nicht in einem ganz entgegengesetzten Feldlager befänden. In dieser Beziehung kommt mir oft ein Gespräch in den Sinn, das ich mit meiner Mutter führte, vor etwa acht Jahren, wo ich die hochbetagte Frau, die schon damals achtzigjährig, in Hamburg besuchte. Eine sonderbare Äußerung entschlüpfte ihr, als wir von den Schulen, worin ich meine Knabenzeit zubrachte, und von meinen katholischen Lehrern sprachen, worunter sich, wie ich jetzt erfuhr, manche ehemalige Mitglieder des Jesuitenordens befanden. Wir sprachen viel von unserm alten lieben Schallmayer, dem in der französischen Periode die Leitung des Düsseldorfer Lyceums als Rektor anvertraut war, und der auch für die oberste Klasse Vorlesungen über Philosophie hielt, worin er unumwunden die freigeistigsten griechischen Systeme auseinandersetzte, wie grell diese auch gegen die orthodoxen Dogmen abstachen, als deren Priester er selbst zuweilen in geistlicher Amtstracht am Altar fungierte. Es ist gewiß bedeutsam, und vielleicht einst vor den Assisen im Tale Josaphat kann es mir als *circonstance atténuante* angerechnet werden, daß ich schon im Knabenalter den besagten philosophischen

Vorlesungen beiwohnen durfte. Diese bedenkliche Begünstigung genoß ich vorzugsweise, weil der Rektor Schallmayer sich als Freund unsrer Familie ganz besonders für mich interessierte; einer meiner Öhme, der mit ihm zu Bonn studiert hatte, war dort sein akademischer Pylades gewesen, und mein Großvater errettete ihn einst aus einer tödlichen Krankheit. Der alte Herr besprach sich deshalb sehr oft mit meiner Mutter über meine Erziehung und künftige Laufbahn, und in solcher Unterredung war es, wie mir meine Mutter später in Hamburg erzählte, daß er ihr den Rat erteilte, mich dem Dienst der Kirche zu widmen und nach Rom zu schicken, um in einem dortigen Seminar katholische Theologie zu studieren; durch die einflußreichen Freunde, die der Rektor Schallmayer unter den Prälaten höchsten Ranges zu Rom besaß, versicherte er, im Stande zu sein, mich zu einem bedeutenden Kirchenamte zu fördern. Als mir dieses meine Mutter erzählte, bedauerte sie sehr, daß sie dem Rate des geistreichen alten Herrn nicht Folge geleistet, der mein Naturell frühzeitig durchschaut hatte und wohl am richtigsten begriff, welches geistige und physische Klima demselben am angemessensten und heilsamsten gewesen sein möchte. Die alte Frau bereute jetzt sehr, einen so vernünftigen Vorschlag abgelehnt zu haben; aber zu jener Zeit träumte sie für mich sehr hochfliegende weltliche Würden, und dann war sie eine Schülerin Rousseaus, eine strenge Deistin, und es war ihr auch außerdem nicht recht, ihren ältesten Sohn in jene Soutane zu stecken, welche sie von deutschen Priestern mit so plumpem Ungeschick tragen sah. Sie wußte nicht, wie ganz anders ein römischer Abbate dieselbe mit einem graziösen Schick trägt und wie kokett er das schwarzseidne Mäntelchen achselt, das die fromme Uniform der Galanterie und der Schöngeisterei ist im ewig schönen Rom.

O, welch ein glücklicher Sterblicher ist ein römischer Abbate, der nicht bloß der Kirche Christi, sondern auch dem Apoll und den Musen dient. Er selbst ist ihr Liebling, und die drei Göttinnen der Anmut halten ihm das Tintenfaß, wenn er seine Sonette verfertigt, die er in der Akademie der Arkadier mit zierlichen Kadenzen rezitiert. Er ist ein Kunstkenner, und er braucht nur den Hals einer jungen Sängerin zu betasten, um voraussagen zu können, ob sie einst eine *celeberrima cantatrice*, eine *diva*, eine Weltprimadonna, sein wird. Er versteht sich auf Antiquitäten, und über den ausgegrabenen Torso einer griechischen Bacchantin schreibt er eine Abhandlung im schönsten Ciceronianischen Latein, die er dem Oberhaupte der Christenheit, dem *pontifex maximus*, wie er ihn nennt, ehrfurchtsvoll widmet. Und gar welcher Gemäldekenner ist der Signor Abbate, der die Maler in ihren Ateliers besucht und ihnen über ihre weiblichen Modelle die feinsten anatomischen Beobachtungen mitteilt. Der Schreiber dieser Blätter hätte ganz das Zeug dazu gehabt, ein solcher Abbate zu werden und im süßesten *dolce far niente* dahin zu schlendern durch die Bibliotheken, Galerien, Kirchen und Ruinen der ewigen Stadt, studierend im Genusse und genießend im Studium, und ich hätte Messe gelesen vor den auserlesensten Zuhörern, ich wäre auch in der heiligen Woche als strenger Sittenprediger auf die Kanzel getreten, freilich auch hier niemals in ascetische Roheit ausartend – ich hätte am meisten die römischen Damen erbaut, und wäre vielleicht durch solche Gunst und Verdienste in der Hierarchie der Kirche zu den höchsten Würden gelangt, ich wäre vielleicht ein *monsignore* geworden, ein Violettstrumpf, sogar der rote Hut konnte mir auf den Kopf fallen – und wie das Sprüchlein heißt:

Es ist kein Pfäfflein noch so klein,
Es möchte gern ein Päpstlein sein –

so hätte ich am Ende vielleicht gar jenen erhabensten Ehrenposten erklommen – denn obgleich ich von Natur nicht ehrgeizig bin, so würde ich dennoch die Ernennung zum Papste nicht ausgeschlagen haben, wenn die Wahl des Conclaves auf mich gefallen wäre. Es ist dieses jedenfalls ein sehr anständiges und auch mit gutem Einkommen versehenes Amt, das ich gewiß mit hinlänglichem Geschick versehen konnte. Ich hätte mich ruhig niedergesetzt auf den Stuhl Petri, allen frommen Christen, sowohl Priestern als Laien, das Bein hinstreckend zum Fußkuß. Ich hätte mich ebenfalls mit gehöriger Seelenruhe durch die Pfeilergänge der großen Basilika in Triumph herumtragen lassen, und nur im wackelndsten Falle würde ich mich ein bißchen festgeklammert haben an der Armlehne des goldnen Sessels, den sechs stämmige karmoisinrote Camerieren auf ihren Schultern tragen, während nebenher glatzköpfige Kapuziner mit brennenden Kerzen und galonierte Lakaien wandeln, welche ungeheuer große Pfauenwedel emporhalten und das Haupt des Kirchenfürsten befächeln – wie gar lieblich zu schauen ist auf dem Prozessions-Gemälde des Horaz Vernet. Mit einem gleichen unerschütterlichen sazerdotalen Ernste – denn ich kann sehr ernst sein, wenn es durchaus nötig ist – hätte ich auch vom Lateran herab der ganzen Christenheit den jährlichen Segen erteilt; in Pontificalibus, mit der dreifachen Krone auf dem

Kopfe, und umgeben von einem Generalstab von Rothüten und Bischofsmützen, Goldbrokatgewändern und Kutten von allen Couleuren, hätte sich Meine Heiligkeit auf dem hohen Balkon dem Volke gezeigt, das tief unten, in unabsehbar wimmelnder Menge, mit gebeugten Köpfen und knieend hingelagert – und ich hätte ruhig die Hände ausgestreckt und den Segen erteilt, der Stadt und der Welt.

Aber, wie du wohl weißt, geneigter Leser, ich bin kein Papst geworden, auch kein Kardinal, nicht mal ein römischer Nuntius, und wie in der weltlichen, so auch in der geistlichen Hierarchie habe ich weder Amt noch Würden errungen. Ich habe es, wie die Leute sagen, auf dieser schönen Erde zu nichts gebracht. Es ist nichts aus mir geworden, nichts als ein Dichter.

Nein, ich will keiner heuchlerischen Demut mich hingebend, diesen Namen geringschätzen. Man ist viel, wenn man ein Dichter ist, und gar wenn man ein großer lyrischer Dichter ist in Deutschland, unter dem Volke, das in zwei Dingen, in der Philosophie und im Liede, alle andern Nationen überflügelt hat. Ich will nicht mit der falschen Bescheidenheit, welche die Lumpen erfunden, meinen Dichterruhm verleugnen. Keiner meiner Landsleute hat in so frühem Alter wie ich den Lorbeer errungen, und wenn mein Kollege Wolfgang Goethe wohlgefällig davon singt, »daß der Chinese mit zitternder Hand Werthern und Lotten auf Glas male«, so kann ich, soll doch einmal geprahlt werden, dem chinesischen Ruhm einen noch weit fabelhaftern, nämlich einen japanischen entgegensetzen. Als ich mich vor etwa zwölf Jahren hier im *Hôtel des Princes* bei meinem Freunde H. Wöhrman aus Riga befand, stellte mir derselbe einen Holländer vor, der eben aus Japan gekommen, dreißig Jahre dort in Nangasaki zugebracht und begierig wünschte, meine Bekanntschaft zu machen. Es war der *Dr.* Bürger, der jetzt in Leiden mit dem gelehrten Seybold das große Werk über Japan herausgibt. Der Holländer erzählte mir, daß er einen jungen Japanesen Deutsch gelehrt, der später meine Gedichte in japanischer Übersetzung drucken ließ, und dieses sei das erste europäische Buch gewesen, das in japanischer Sprache erschienen – übrigens fände ich über diese kuriose Übertragung einen weitläufigen Artikel in der englischen *Review* von Kalkutta. Ich schickte sogleich nach mehreren *cabinets de lecture,* doch keine ihrer gelehrten Vorsteherinnen konnte mir die *Review* von Kalkutta verschaffen, und auch an Julien und Paultier wandte ich mich vergebens –

Seitdem habe ich über meinen japanischen Ruhm keine weitern Nachforschungen angestellt. In diesem Augenblick ist er mir ebenso gleichgültig wie etwa mein finnländischer Ruhm. Ach! der Ruhm überhaupt, dieser sonst so süße Tand, süß wie Ananas und Schmeichelei, er ward mir seit geraumer Zeit sehr verleidet; er dünkt mich jetzt bitter wie Wermut. Ich kann wie Romeo sagen: ich bin der Narr des Glücks. Ich stehe jetzt vor dem großen Breinapf, aber es fehlt mir der Löffel. Was nützt es mir, daß bei Festmahlen aus goldnen Pokalen und mit den besten Weinen meine Gesundheit getrunken wird, wenn ich selbst unterdessen, abgesondert von aller Weltlust, nur mit einer schalen Tisane meine Lippen netzen darf! Was nützt es mir, daß begeisterte Jünglinge und Jungfrauen meine marmorne Büste mit Lorbeeren umkränzen, wenn derweilen meinem wirklichen Kopfe von den welken Händen einer alten Wärterin eine spanische

Fliege hinter die Ohren gedrückt wird! Was nützt es mir, daß alle Rosen von Schiras so zärtlich für mich glühen und duften – ach, Schiras ist zweitausend Meilen entfernt von der Rue d'Amsterdam, wo ich in der verdrießlichen Einsamkeit meiner Krankenstube nichts zu riechen bekomme, als etwa die Parfüms von gewärmten Servietten. Ach! der Spott Gottes lastet schwer auf mir. Der große Autor des Weltalls, der Aristophanes des Himmels, wollte dem kleinen irdischen, sogenannten deutschen Aristophanes recht grell dartun, wie die witzigsten Sarkasmen desselben nur armselige Spöttereien gewesen im Vergleich mit den seinigen, und wie kläglich ich ihm nachstehen muß im Humor, in der kolossalen Spaßmacherei.

Ja, die Lauge der Verhöhnung, die der Meister über mich herabgeußt, ist entsetzlich, und schauerlich grausam ist sein Spaß. Demütig bekenne ich seine Überlegenheit, und ich beuge mich vor ihm im Staube. Aber wenn es mir auch an solcher höchsten Schöpfungskraft fehlt, so blitzt doch in meinem Geiste die ewige Vernunft, und ich darf sogar den Spaß Gottes vor ihr Forum ziehen und einer ehrfurchtsvollen Kritik unterwerfen. Und da wage ich nun zunächst die untertänigste Andeutung auszusprechen, es wolle mich bedünken, als zöge sich jener grausame Spaß, womit der Meister den armen Schüler heimsucht, etwas zu sehr in die Länge; er dauert schon über sechs Jahre, was nachgerade langweilig wird. Dann möchte ich ebenfalls mir die unmaßgebliche Bemerkung erlauben, daß jener Spaß nicht neu ist und daß ihn der große Aristophanes des Himmels schon bei einer andern Gelegenheit angebracht, und also ein Plagiat an hoch sich selber begangen habe. Um diese Behauptung zu unterstützen, will ich eine Stelle der Limburger Chronik zitieren. Diese Chronik ist sehr interessant für diejenigen, welche sich über Sitten und Bräuche des deutschen Mittelalters unterrichten wollen. Sie beschreibt, wie ein Modejournal, die Kleidertrachten, sowohl die männlichen als die weiblichen, welche in jeder Periode aufkamen. Sie gibt auch Nachricht von den Liedern, die in jedem Jahre gepfiffen und gesungen wurden, und von manchem Lieblingsliede der Zeit werden die Anfänge mitgeteilt. So vermeldet sie von Anno 1480, daß man in diesem Jahre in ganz Deutschland Lieder gepfiffen und gesungen, die süßer und lieblicher, als alle Weisen, so man zuvor in deutschen Landen kannte, und Jung und Alt, zumal das Frauenzimmer, sei ganz davon vernarrt gewesen, so daß man sie von Morgen bis Abend singen hörte; diese Lieder aber, setzt die Chronik hinzu, habe ein junger Klerikus gedichtet, der von der Misselsucht behaftet war und sich, vor aller Welt verborgen, in einer Einöde aufhielt. Du weißt gewiß, lieber Leser, was für ein schauderhaftes Gebreste im Mittelalter die Misselsucht war, und wie die armen Leute, die solchem unheilbaren Siechtum verfallen, aus jeder bürgerlichen Gesellschaft ausgestoßen waren und sich keinem menschlichen Wesen nahen durften. Lebendig Tote, wandelten sie einher, vermummt vom Haupt bis zu den Füßen, die Kapuze über das Gesicht gezogen, und in der Hand eine Klapper tragend, die sogenannte Lazarusklapper, womit sie ihre Nähe ankündigten, damit ihnen jeder zeitig aus dem Wege gehen konnte. Der arme Klerikus, von dessen Ruhm als Liederdichter die obgenannte Limburger Chronik gesprochen, war nun ein solcher Misselsüchtiger, und er saß traurig in der Öde seines Elends, während jauchzend und jubelnd ganz Deutschland seine Lieder sang und pfiff! O, dieser Ruhm war die uns wohl bekannte Verhöhnung, der grausame Spaß Gottes, der auch hier derselbe ist, obgleich er diesmal im romantischern Kostüme des Mittelalters erscheint. Der blasierte König von Judäa sagte mit Recht: es gibt nichts Neues unter der Sonne – Vielleicht ist diese Sonne selbst ein alter aufgewärmter Spaß, der mit neuen Strahlen geflickt, jetzt so imposant funkelt!

Manchmal in meinen trüben Nachtgesichten glaube ich den armen Klerikus der Limburger Chronik, meinen Bruder in Apoll, vor mir zu sehen, und seine leidenden Augen lugen sonderbar stier hervor aus seiner Kapuze; aber im selben Augenblick huscht er von dannen, und verhallend, wie das Echo eines Traumes, hör ich die knarrenden Töne der Lazarus-Klapper.

Nachwort

> *»Vielleicht erleben Sie es noch, meine Bekenntnisse zu lesen und zu sehen, wie ich meine Zeit und Zeitgenossen betrachtet«*
> (Heine an L. Robert am 27. 11. 1823)

Bereits in den Jahren 1823–25 hat sich Heine mit Entwurfsskizzen seiner *Memoiren* befaßt, die erst in »sehr späteren Zeiten« erscheinen sollten und anscheinend nicht für seine Zeitgenossen bestimmt waren: »Nur dann und wann kann ich ein Stückchen meiner Memoiren schreiben, die einst zusammengeflickt werden«, hat der aufstrebende junge Schriftsteller seinem damals vertrautesten Freund Moses Moser in einem Brief vom 11. 1. 1825 angekündigt. Sie gehören zu Heines frühesten Projekten, und dennoch dauerte der Planungs- und Entstehungsprozeß bis zu seinen Sterbetagen im Februar 1854 in der Rue Matignon an den Champs Elysées.

Wenn die überlieferten *Memoiren* auch nur einen relativ kleinen Teil seiner literarischen Schriften beanspruchen, so waren sie doch von Ankündigungen und Androhungen begleitet, mit Verdächtigungen und Intrigen verbunden, wodurch Legenden verbreitet wurden, an denen sich der Autobiograph Heine selber mit Raffinement beteiligte, indem er bei Familienmitgliedern, besonders beim »Hamburger Menschentroß«, bei seinen Freunden und bei seinem Verleger Julius Campe den Eindruck hervorrief, er habe ein umfangreiches, erfolgversprechendes Manuskript seiner Lebensbeschreibung in petto. Allerdings hatte Heine seinen frühen Plan aufgegeben, ein »selbstbiographisches Fragment« der Jahre 1823–26 zu publizieren, indem er es seinen zeitkritischen *Ideen. Das Buch Le Grand* (1827) einfügte, z. B. die Schilderung seiner Düsseldorfer Jugendzeit mit dem ihn beeindruckenden Einzug Napoleons in den Hofgarten am 3. 11. 1811.

Erst 1830 und besonders 1837 beschäftigte sich Heine wieder intensiv mit seinen *Memoiren,* dem »Romane meines Lebens«, den er seinem Hamburger Verleger Campe mit einem vielversprechenden Exposé vom 1. 3. 1837 anbot. Heine war nicht daran interessiert,

> »einen kurzen dürren Lebensabriß zu geben, sondern ein großes Buch, vielleicht mehrere Bände, welche den Schluß der Gesamtausgabe bilden sollten und die ganze Zeitgeschichte, die ich in ihren größten Momenten miterlebt, umfassen, samt den markantesten Personen meiner Zeit, ganz Europa, das ganze moderne Leben, deutsche Zustände bis zur Juliusrevolution, die Resultate meines Aufenthalts im Foyer der politischen und sozialen Revolution, das Resultat meiner kostspieligsten und schmerzlichsten Studien, das Buch, das man ganz eigens von mir erwartet.«

Ein entscheidender Impuls für den Schreibprozeß ergab sich also aus Heines Verhandlung mit Campe über eine Gesamtausgabe seiner Schriften, so daß sein Exposé keine ›Autobiographie‹ ankündigt, sondern zeitkritische *Memoiren,* die autobiographische Selbstdarstellung mit satirischer Zeitdarstellung verbinden: moderne europäische Zustände im Revolutions- und Reformzeitalter des restaurativen Metternich-Regime, widergespiegelt in literarischen, politischen und sozialen Auseinandersetzungen und Anschauungen, die Heine auf bezeichnende Weise zum Opfer verschiedenster Ausschlußmaßnahmen stigmatisierten.

Sogar im Zenit seiner Existenz als erfolgreicher *Zeitschriftsteller* versuchte Heine in einem Brief vom 14.9. 1840 nochmals vergeblich, seinen Verleger Campe für sein *Memoiren*-Projekt zu gewinnen:

> »Selbst wenn ich heute stürbe, so bleiben doch schon 4 Bände Lebensbeschreibung oder Memoiren von mir übrig, die mein Sinnen und Wollen vertreten und schon ihres historischen Stoffes wegen, der treuen Darstellung der mysteriösesten Übergangskrise auf die Nachwelt kommen. Das neue Geschlecht wird auch die beschissenen Windeln sehen wollen, die seine erste Hülle waren. – Was mich aber verdrießt, liebster Campe, das ist, daß Sie wieder in die Hände meiner Feinde geraten, als Spielzeug und Waffe gegen mich.«

Heine deutete allerdings nur vage an, seine *Memoiren* tatsächlich zu seinen Lebzeiten veröffentlichen zu wollen. Nachweisbar ist, daß er seit 1837 zeitkritische Skizzen in seine Börne-*Denkschrift* (1840) einfügte. Gleichzeitig spitzte sich der Konflikt mit seinem Onkel, dem Hamburger Bankier Salomon Heine, über die für ihn bewilligte Pension zu: In einem Brief vom 5.8.1837 an seinen Bruder Maximilian beklagt sich Heine über die ausgesetzte, aber für seinen Schriftstellerberuf notwendige Pension – und provoziert mit ›skandalösen‹ *Memoiren;* denn zu Heines Image-Politur als *Zeitschriftsteller* oppositioneller politischer Schriften gehört auch sein Monopolanspruch auf Rache gegen seine falschen Freunde und Feinde: »der Stolz der geistigen Obermacht, die mir angeboren ist, und das Bewußtsein, daß kein Mensch sich gewaltiger rächen könnte als ich, für alle offene und geheime Unbill, die man mir zufügt.« Gleichwohl gibt sich Heine gegenüber seinem Onkel Salomon wieder versöhnlich, wenn er Campe in einem Brief vom 20.12.1836 diplomatisch versichert: »Gottlob, als ich meine Memoiren schrieb, wo er oft besprochen werden mußte, standen wir noch brillant und ich habe wahrlich ihn con amore gezeichnet.«

Tatsächlich wurde in den Jahren 1844–46 Heines Auseinandersetzung mit der Hamburger Heine-Familie zum strategischen Kalkül seiner *Memoiren:* Nach dem Tod seines Onkels Salomon (1844) wurde Heine durch dessen Sohn Carl mit einem mehrjährigen Erbschaftsstreit konfrontiert, der die von seinem Vater gewährte, aber im Testament nicht berücksichtigte Pension von Heines schriftlicher Verpflichtung abhängig machte, seine *Memoiren* einer vorherigen Zensur durch die Hamburger Heine-Familie zu unterziehen – eine Bedingung, die Heine durch sein Zugeständnis erfüllte, auf Enthüllungen über Carl Heine und seine Familie zu verzichten.

Die Hamburger Heine-Familie, um Ehre und Ruf ihres Bankhauses besorgt, befürchtete anscheinend Enthüllungen, die sie veranlaßten, den berühmten Cousin nachdrücklich zur Verschwiegenheit aufzufordern. Heine vernichtete allerdings bei den Autodafés der Jahre 1848 und 1851, als er die postume Publikation seiner Familienkorrespondenz verhindern wollte, die ihm zu brisant erscheinenden Familienbriefe, unterwarf aber seine *Memoiren* nicht der Zensur der Heine-Familie. Textlücken und -unterbrechungen sind durch Heines eigene konzeptionelle und taktische Entscheidungen zu erklären.

Die sich seit 1846 konkretisierenden Variationen in seinen ethischen und religiösen Anschauungen, die sich im Nachwort zum *Romanzero,* in der Vorrede zur zweiten Auflage zum zweiten Band des *Salon* skizziert und vor allem in den *Geständnissen* thematisiert finden, veranlaßten Heine, seine *Memoiren* »teils aus leidigen Familienrücksichten, teils auch wegen religiöser Skrupeln« aus der Perspektive der durch das regressive Metternich-Regime enttäuschten Revolutions- und Emanzipationserwartungen und aus der Situation der »Matratzengruft« zu erzählen; andernfalls hätte er einen Verrat an seinen Überzeugungen begangen, gesteht er Campe in einem Brief vom 1.6.1850. Im Herbst 1853 und Anfang 1854 unterzog Heine seine *Memoiren* »mit Heroismus einer ganz neuen Abfassung«; die Vorrede wurde ebenfalls während dieser Zeit geschrieben, als er zugleich an den *Geständnissen* arbeitete. Während dieser letzten Arbeitsphase der Jahre 1853–54 hat Heine gegenüber der traditionellen ›Autobiographie‹ definitiv die Literaturform zeitkritischer *Memoiren* bevorzugt, mit denen er durch die Verbindung von autobiographischer Selbstdarstellung und satirischer Zeitsignatur zeigen wollte, »wie ich meine Zeit und Zeitgenossen« – aus zwei unterschiedlichen Perspektiven: »als Zuschauer und als Opfer« – betrachtete.

Trotzdem gibt sich Heine aus persönlichen und familiären Motiven verunsichert und unentschieden, ob er nicht auch dieses neue, »selbstgefällig« als *Memoiren* betitelte Manuskript vernichten solle: »ich befürchte, postume Pflichten oder ein selbstquälerischer Überdruß zwingen mich, mein Manuskript vor meinem Tode einem neuen Autodafé zu überliefern.« Darüber hinaus befürchtete er auch Eingriffe von unbefugter Hand: Was er vor den Flammen bewahre, werde »vielleicht niemals das Tageslicht der Öffentlichkeit erblicken«, sorgt sich Heine in seiner Vorrede – auf keine Schrift mehr als auf seine *Memoiren* dürften diese rätselhaften Verse zu beziehen sein:

»Wenn ich sterbe, wird die Zunge
Ausgeschnitten meiner Leiche;
Denn sie fürchten, redend käm' ich
Wieder aus dem Schattenreiche.

Stumm verfaulen wird der Tote
In der Gruft, und nie verraten
Werd' ich die an mir verübten
Lächerlichen Freveltaten.«

Der autobiographische Teil der *Memoiren* konzentriert sich größtenteils auf Heines Kinder- und Jugendzeit in Düsseldorf bis zum Abschluß des Studiums der Rechtswissenschaft als Voraussetzung für einen »Brotberuf«. Im Unterschied zum *Buch Le Grand*, das dieselbe Lebensphase literarisiert, werden vorzugsweise persönliche Erfahrungen und Erlebnisse erzählt. Heine hat seine autobiographischen Entwurfsskizzen der 1820er Jahre vor allem im *Buch Le Grand* und im Hamburg-Porträt der *Memoiren des Herren von Schnabelewopski* veröffentlicht. Vor diesem werkgeschichtlich interessanten Arrangement wird verständlich, daß die Ankündigung der »Vorrede«, nach der »die Wechselwirkung äußerer Begebenheiten und innerer Seelenereignisse« »die Signatura meines Seins und Wesens« darstelle, zwar nicht ganz erfüllt wird, aber eine literarische Akzentsetzung erhält, die für Heines Konzeption der *Memoiren* und für seine autobiographischen Schriften bedeutsam und zugleich erklärungsbedürftig ist. Sie läßt darauf schließen, daß sich Heine mit der bevorzugten Literaturform der *Memoiren* sowohl von der Modegattung der Biedermeierzeit als auch von der klassischen »Autobiographie« der Goethe-Zeit distanziert, deren Ansprüche ihm nicht mehr einlösbar schienen. Heine erschien es illusionär, in einer »Autobiographie« Selbstdarstellung und Zeitdarstellung zu harmonisieren. Als avantgardistischer Autor oppositioneller politischer Schriften gegen das restaurative Metternich-Regime, als in »Alt-Deutschland« geächteter und politisch verfolgter, frankophiler Europäer läßt Heine gerade Disharmonien aufblitzen, deren Auflösung er von der vehement eingeforderten allseitigen *Emanzipation* erhoffte.

Durch Selektion und Kombination von Lebenszeugnissen, Zeitkritik und Sozialvisionen gelingt es Heine, seine *Memoiren* aus der Perspektive des illusionslos eingestandenen Scheiterns seiner Revolutions- und Emanzipationserwartungen zu erzählen. Die *Memoiren* sind durch das Leitmotiv bestimmt, die Darstellung seiner frühesten persönlichen Erfahrungen und Erlebnisse könne wichtigen Aufschluß für sein späteres Denken und Handeln geben. Seiner Erzählintention entsprechend, sollen seine *Memoiren* diejenigen Auseinandersetzungen und Anschauungen, Betrachtungen und Bekenntnisse darstellen, die »auf den geistigen Prozeß Bezug haben, den ich später durchmachen mußte«, denn, so faßt Heine selbst zusammen: »Aus den frühesten Anfängen erklären sich die spätesten Erscheinungen.«

Die Struktur der *Memoiren* ergibt sich durch einen mit

dem Anfang kontrastierenden Erzählschluß, wodurch eine Art Erzählrahmen entsteht. Am Erzählschluß hält der sonst einsilbige Vater Samson Heine seinem ältesten Sohn eine Marathonrede, in der er – philosophisch desinteressiert – dem Philosophie-Unterricht am Düsseldorfer Lyzeum eine atheistische Tendenz unterstellt und Gerüchte über den Verdacht der Gottlosigkeit seines Sohnes als ruf- und geschäftsschädigend kritisiert. Durch diesen Epilog ist eine charakteristisch pessimistische Kurve der *Memoiren* unangetastet geblieben. Am Erzählbeginn dagegen hat der *Memoiren*-Autor sein Entwicklungsprofil als Sohn des »skeptischen 18. Jahrhunderts« vorgestellt, der bereits auf dem Lyzeum durch die Philosophie der europäischen Aufklärung »französischen Geist« und französische Revolutionspolitik kennengelernt hat, die später für die sozialen und politischen Bezüge seiner oppositionellen Schriften zu Staat und Gesellschaft in Deutschland während des Revolutions- und Reformzeitalters virulent wurden.

Die Erzählkonstruktion der *Memoiren* basiert auf einer Galerie von Personen-Porträts – der Mutter, des Oheims, des Vaters und der Jugendfreundin Josepha –, die verschiedene Aspekte von Heines Lebensproblematik repräsentieren. Der Ich-Erzähler schreibt seine *Memoiren* auf Wunsch einer anonymen, »teuren Dame«, die in »holder Neugier« und zugleich aus »liebender Teilnahme« an seinem Leben interessiert ist. Die Präsentationsweise einer fiktiven Adressatin, schon im *Buch Le Grand* vorgeformt, setzt der »Zudringlichkeit eines müßigen Publikums« deutliche Grenzen; denn der testamentarische Berichtston der »Vorrede« wechselt zugunsten einer sentimental-märchenhaften Pictura-Vision, die Heines Medium für »das Märchen meines Lebens« bildet, das er der »teuren Dame« erzählen will. Mit diesem kontrastierenden Rahmen schafft sich Heine eine doppelte Erzählerperspektive, womit zugleich die Erwartungshaltung des Publikums gesteuert wird; die nur in der »Vorrede« angesprochene »teure Dame« repräsentiert nicht nur dessen stellvertretende Zuhörerin, sondern fungiert vielmehr als Muse dichterischer Einbildungskraft.

Der Autobiograph Heine erzählt seine Erinnerungen an seine Erfahrungen und Erlebnisse durch Szenen-Sequenzen, die sich durch Personen-Porträts der mütterlichen und väterlichen Familie gliedern. Auffallenderweise erhält die Familie van Geldern, deren Vorfahren als jüdische Hoffaktoren und Ärzte in kurfürstlichen Diensten standen, durch ihren Bildungseinfluß auf den jungen Harry Heine eine deutlich bevorzugte Wertschätzung. Die alles bestimmende Erziehungsrolle spielte Heines Mutter Elisabeth, indem sie »große, hochfliegende Dinge« für ihren ältesten Sohn plante. Ihren ehrgeizigen Zielen zufolge sollte der orientierungsunsichere Harry zum Kaufmann, zum Bankier und schließlich zum Juristen ausgebildet werden. Bald mußte aber die Mutter einsehen, daß es vielleicht besser gewesen wäre, dem Rat des geschätzten Rektors Schallmayer, Harrys Philosophielehrer, zu folgen, der seinen sensiblen Schüler für eine Prälatenkarriere in der römischen Kurie auserwählt hatte, zu der er sich aber nicht berufen fühlte.

Seine schulische Ausbildung und Entwicklung am Düsseldorfer Lyzeum kritisch resümierend, lenkt Heine das Interesse vor allem auf seinen Philosophielehrer Schallmayer als einen Repräsentanten der Volksaufklärung im Rheinland. In seinen Vorträgen habe er, so erinnert sich Heine deutlich, »Religion und Zweifel« ohne Heuchelei gelehrt und den dreizehnjährigen Harry so interessiert, daß in ihm »nicht bloß der Unglauben, sondern auch die toleranteste Gleichgültigkeit« entstand. Den durch Prügelstrafe auf der Düsseldorfer Franziskanerschule leidvoll erfahrenen Schuldrill stellt Heine als katastrophalen Effekt bloß.

Nach dem illusionslos eingestandenen beruflichen Fiasko, das Heines soziales Stigma als jüdischen »Außenseiter« mitbestimmt hat, wird die Wirkung des fabulierenden Onkels Simon van Geldern, eines Bruders der Mutter, auf die Bildungsbereitschaft des phantasiebegabten Harry detailliert geschildert; durch seine Fabulierkunst wurde ihm ein blickweitender »historischer« Horizont eröffnet; darüber hinaus konnte er sogar seine »Lust zu schriftlichen Versuchen« anregen.

In der Bibliothek des Onkels auf dem Dachboden seines Hauses in der Düsseldorfer Altstadt, das sich in der Vorstellung Harrys zum prächtigen Palast verwandelt, fand der neugierig stöbernde Junge ein Notizbuch des Bruders seines Großvaters, Simon van Geldern. Dieser Weltreisende und Abenteurer mit dem exotischen Beinamen »der Morgenländer« hat die »Einbildungskraft des Knaben außerordentlich beschäftigt«, indem er ihm die verzauberte Welt der Märchen eröffnete. Dieser Großonkel wurde dem phantasievollen Harry zum »morgenländischen Doppelgänger«, zur tagträumenden Identifikationsfigur verzaubert nacherlebter Phantasien. Noch in seiner »Matratzengruft« erinnert sich Heine an »Nachwirkungen aus jener Traumzeit« auf seine Neigungen und Interessen, die seinem Naturell widersprechen. So phantastisch Heines stilisierte Identifikation mit seinem doppelgängerischen Onkel erscheint, so wird doch eine biographisch-literarische Facette sichtbar: sein Enthusiasmus für den »Schwärmer, der für kosmopolitische, weltbeglückende Utopien Propaganda machte« – so markiert der oppositionelle *Zeitschriftsteller* die familiengeschichtliche Herkunft seiner provokativen Sozialutopien, die das regressive Metternich-Regime zeit- und kulturkritisch attackierten.

Die väterliche Familie in Hamburg, teils strenggläubige, teils reformbereite Juden, wird nur relativ kurz, ohne die von Carl Heine befürchteten Enthüllungen, erwähnt. Der erzählerisch interessantere Teil ist Heines detaillierter Erinnerung an seinen Vater Samson vorbehalten, ein durch die von Napoleon befohlene Kontinentalsperre zur Geschäftsaufgabe gezwungener Textilkaufmann, dessen Geschäft 1819 im Handelsregister gelöscht wurde. Heine porträtiert den emotionalen, jovialen Mann, an dem er allerdings den Hang zum extravaganten Offizier der Düsseldorfer Bürgerwehr ironisiert. Seine Güte und Milde, seine Intuition und Lebensweisheit als Ausdrucksformen seiner Herzensbildung blieben ihm unvergeßlich, seitdem er seinem sozial engagierten Vater als Treuhänder der Düsseldorfer Armenstiftung assistieren durfte.

Im Doppelporträt seiner Eltern erhält das ebenfalls stilisierte Bildnis der damals 83jährigen Mutter Elisabeth eine Kontrastfunktion gegenüber dem Erinnerungsbild des 1828 gestorbenen Vaters. Von seiner gebildeten und kultivierten Mutter hat Heine, der ihr zeitlebens dankbar verbunden blieb, ein Charakterbild gezeichnet: »Sie spielte die Hauptrolle in meiner Entwicklungsgeschichte, sie machte die Programme aller meiner Studien.« An seiner wirtschaftlich planenden Mutter bemängelt der erfolgreiche Schriftsteller vor allem die »Angst vor der Poesie«, die – ihr unbewußt – dem Erziehungsideal Rousseaus entgegenwirkte, dem zufolge das Erlernen eines praktischen Berufs ebenso zum Beginn eines glücklichen Lebens gehört wie die Lektüre des ersten Romans, z. B. Defoes *Robinson Crusoe.* Wenn Heinrich Heine sein berufliches Fiasko der Erziehungsverantwortung seiner alles bestimmenden Mutter anlastet, so erscheint die erfolgreiche Karriere des weltberühmten Schriftstellers als Selbstbildnis gegenüber dem frühen Warnbild der Mutter, ein Dichter sterbe arm und daher vereinsamt in einem Hospital.

Das Vernunft- und Realitätsprinzip, das seine Mutter vorlebte, beurteilte Heine mit ironischer Distanz: »Ihre Vernunft und ihre Empfindung war die Gesundheit selbst, und nicht von ihr erbte ich den Sinn für das Phantastische und die Romantik.« Obwohl sie ihrem ältesten Sohn zeitlebens »Schonung und Liebe« erwies und sein Denken und Handeln stets tolerierte, kontrastierte ihr strenger Pragmatismus mit der respektierten Herzensbildung des Vaters, einem von Rousseau propagierten Erziehungsideal: »Er dachte weniger mit dem Kopfe als mit dem Herzen und hatte das liebenswürdigste Herz, das man sich denken kann.« Mit Wehmut die zerstörerische Macht des Todes beklagend, bekennt Heine von seinem liebenswürdigen Vater: »Er war von allen Menschen derjenige, den ich am meisten auf dieser Erde geliebt.«

»Eine grenzenlose Lebenslust war ein Hauptzug im Charakter meines Vaters, er war genußsüchtig, frohsinnig, rosenlaunig. In seinem Gemüte war beständig Kirmes. (…) Immer himmelblaue Heiterkeit und Fanfaren des Leichtsinns«, hat Heine begeistert aufgezeichnet.

Wie konfliktreich aber die Lebens- und Hausgemeinschaft der Eltern Krisen bewältigte, vorenthält Heine dem Publikum nicht in seinen Erinnerungen, denen zufolge die sparsame Hausfrau dem Ehemann »bedenkliche Liebhabereien« verwehrte, z.B. seine Schwäche für schöne Schauspielerinnen, seine Passion für edle Pferde und Jagdhunde. Auffallend ist Heines Solidaritätsbekundung für den genußfreudigen Vater und für seine mit rheinischem Frohsinn betriebenen Leidenschaften, die dem wirtschaftlichen Kalkül seiner rational bestimmenden Ehefrau zum Opfer fielen.

Das Erinnerungsporträt des Vaters gibt sich als Bekenntnis einer postumen Identifikation mit seinem sensualistischen Lebensenthusiasmus zu erkennen. Das Gesicht, die Gestalt der Mutter bleiben schemenhaft, ohne individuelle Konturen, während die Physiognomie des Vaters plastisch porträtiert wird: Samson Heine ist von großer, fast weiblicher Schönheit. Auf einem ehemals im Hamburger Familienbesitz befindlichen Gemälde sah ihn sein junger Sohn als gepuderten, freudig-genießenden ›Rokoko‹-Typ dargestellt. Er erinnert sich besonders an seine »schöne, feingeschnittene, vornehme Hand, die er immer mit Mandelklei wusch« und die er ihm jeden Morgen zum Kuß darbot – eine Ausdrucks- und Grußform der Ehrerbietung, zugleich ein Kommunikationsmittel emotionaler Verbundenheit.

Von kaum zu unterschätzender symbolischer Bedeutung ist die Erinnerung an die erste Liebe des jungen Harry Heine aus der Bolkerstraße zu der attraktiven Tochter des Scharfrichters, der rothaarigen Josepha. Das »rote Sefchen« hat nicht nur sein »Sehnen und Verlangen«, sondern auch seine dichterische Einbildungskraft für die schauer-romantische Sagenwelt intensiv angeregt – bald entstanden die frühen *Traumbilder.* Das exotische Mädchen hat den bürgerlichen Kaufmannssohn auch für Volkslieder begeistert und so »gewiß den größten Einfluß auf den erwachenden Poeten« gewonnen. Symbolisch bedeutsam erscheint seine frühe Jugendliebe zu dieser reizvollen sechzehnjährigen Scharfrichterstochter, die wegen des »verrufenen Gewerbes« ihres Vaters sozial deklassiert am äußersten Rand der bürgerlichen Gesellschaft wohnen und leben mußte. Noch nach über vierzig Jahren stilisiert der todkranke Satiriker seinen ersten erotischen Kuß als eine soziale Normen überwindende Tat, als solidarischen Protest gegen dünkelhafte Standeskonventionen: »Ich küßte sie nicht bloß aus zärtlicher Neigung, sondern auch aus Hohn gegen die alte Gesellschaft und alle ihre dunklen Vorurteile.« Wenn Heine gesteht, in diesem glücklichen Augenblick seien erstmals diejenigen »zwei Passionen« in ihm entzündet worden, »welchen mein späteres Leben gewidmet blieb: die Liebe für schöne Frauen und die Liebe für die französische Revolution, den modernen *furor francese*«, so profiliert er an dieser Jugenderinnerung sein frühreifes politisches Bewußtsein für den Doppelsinn seines ersten Liebeserlebnisses.

Biographisch interessant ist Heines Geständnis, das den Schwarm seiner Jugend als »Präludium« relativiert, »welches den großen Tragödien meiner reiferen Periode voranging«, der unerwiderten Liebe zu seiner Hamburger Cousine Amalie Heine: »So schwärmt Romeo erst für Rosalinde, ehe er seine Julia sieht.« Das Thema der Liebespassion wird vom rokokohaften Casanova-Getändel, aber auch vom bürgerlichen Ideal einer dauerhaften, harmonischen Liebes- und Lebensgemeinschaft unterschieden und in den Bereich der »schrecklichen Krankheit« transponiert.

»Jede Generation ist eine Fortsetzung der andern und ist verantwortlich für ihre Taten. (...) Es herrscht eine Solidarität der Generationen, die aufeinander folgen, ja die Völker, die hintereinander in die Arena treten, übernehmen eine solche Solidarität, und die ganze Menschheit liquidiert am Ende die große Hinterlassenschaft der Vergangenheit.« Mit dieser kosmopolitischen Vision löst sich Heine aus der anläßlich der *Gemäldeausstellung in Paris* im Jahre 1831 artikulierten Vorstellung von der »selbsttrunkensten Subjektivität«, von der »weltentzügelten Individualität« und von der »gottfreien Persönlichkeit« als Übergangsphänomene der Heranbildung einer »neuen Kunst«, die mit der »neuen Zeit« »in begeistertem Einklang sein wird, die nicht aus der verblichenen Vergangenheit ihre Symbolik zu borgen braucht, und die sogar eine neue Technik, die von der seitherigen verschieden, hervorbringen muß«.

Damit enthüllt sich als Heinesche »Signatur« die nur in seinen Träumen erlebbare Integration in den kosmopolitischen Gesamtzusammenhang, der als »Solidarität der Generationen« visionär aufscheint. Unter dieser kosmopolitischen Perspektive erweitert Heine die »Signatur seines Seins und Wesens« um die Moral und Religion des Judentums. Seine *Memoiren* dokumentieren den neuen, weitergreifenden Versuch, grundlegende Signaturen seiner Schriftsteller-Existenz – »als Zuschauer oder als Opfer« – darzustellen, als eine andere Form der Integration in das Judentum.

Heines »Heimkehr«-Motiv, nach seinem brieflichen Bekenntnis vom 8.8.1826 gegenüber Moses Moser »der nie abzuwaschende Jude«, bestimmt teilweise auch seine im Herbst 1854 geschriebenen und veröffentlichten *Geständnisse,* die er in einem Brief vom 14.4.1854 an Campe als »eine höchst wichtige Lebensurkunde« bezeichnet hat. Von tödlicher Krankheit gezeichnet, hat Heine seine Lebensleistung noch einmal mit einer literarischen »Autobiographie« vergegenwärtigt, denn es entsprach seiner Imagepflege als deutscher Schriftsteller, dem »pathologischen Interesse« des deutschen Publikums entgegenzuwirken, worüber die »Augsburger Allgemeine Zeitung« am 27.9.1854 in einer Beilage berichtete.

Seit seiner Lähmung plante Heine aus verschiedenen Gründen, die Entstehungsgeschichte seines Essays *De l'Allemagne* im Zusammenhang mit einer Lebensbeschreibung zu erzählen. Entscheidender Anlaß war die geplante Neuauflage dieser kulturkritischen Schrift, die ihm Gelegenheit bot, sein gegenwärtiges Verhältnis zu den 1835 vertretenen Anschauungen aus der Perspektive der »Matratzengruft« zu modifizieren; denn er mußte am eigenen Leib erleben, daß das von ihm emphatisch verkündete »Genuß«-Evangelium eines Diesseitsparadieses angesichts der Realität seines Leidens desavouiert wurde. Vor allem die Variationen seines religionsphilosophischen Denkens und seines religiösen Bekenntnisses, die sich im »Nachwort« zum *Romanzero* (1851) und in der »Vorrede« zur zweiten Auflage von *Salon* (1852) skizziert finden, veranlaßten Heine zu letzten öffentlichen *Geständnissen* über seine geistig-moralischen Grundüberzeugungen und religiösen Anschauungen. Mit ihnen hat Heine sein literarisches Testament niedergelegt.

Zur Enttäuschung verschiedener Parteien in Deutschland enthielten Heines *Geständnisse* keine entschiedene Distanzierung von brisanten oppositionellen Positionen seiner Zeit- und Kulturkritik, insbesondere seiner Kritik am Katholizismus. Vielmehr hat Heine als auktorialer Ich-Erzähler im Hinblick auf seine vom Pariser Publikum diskutierte Schrift *De l'Allemagne* die selbstgestellte Aufgabe souverän gelöst, »die nachträgliche Entstehung dieses Buches und die philosophischen und religiösen Variationen, die seit seiner Abfassung im Geiste des Autors vorgefallen, zu beschreiben«.

Im ersten Abschnitt dieser Entstehungsgeschichte skizziert Heine seine Standortbestimmung zur *Romantischen Schule* als »romantique défroqué« und seine polemische Kritik an Madame des Staëls Deutschland-Buch, konkretisiert durch ihren demonstrativen Einzug in Paris, der mit seiner eigenen Einfahrt durch das große Tor von St. Denis als zentralem Schauplatz der Julirevolution von 1830 den Kontrast von Restauration und Moderne andeutet. In Paris als dem »Schauplatz der Weltgeschichte« engagierte sich Heine seit 1831 »für die Verbreitung der deutschen Literatur«. Abgeleitet von seiner Definition der Freiheit als »neuer Religion«, erscheint ihm Paris als »Heilandstadt, die für die weltliche Erlösung der Menschheit schon so viel gelitten!« Zu seinem Stadtbild gehört ebenfalls die Charakterisierung von Atmosphäre und Klima dieser »Hauptstadt der ganzen zivilisierten Welt«, in der »alle Wunden viel schneller heilen als irgendanderswo«. Heine rühmt vor allem den Lebensenthusiasmus der Pariser, die sogar sein »vergrämtes Herz« in die »Heiterkeit des französischen Lebens einweihten«. Im zweiten Abschnitt dieser Entstehungsgeschichte beschreibt Heine seinen Standort zu philosophischen und theologischen Fragen, während der dritte Abschnitt der *Geständnisse* das wiedererwachte »religiöse Gefühl« des erzählenden Autobiographen aus der Situation der »Matratzengruft« darstellt.

So sehr Heine das zivilisierte Paris als »Sammelplatz aller geistigen Nobilitäten«, als kulturelles und sozial-politisches Zentrum Westeuropas erlebte, so sehr ängstigten ihn in der »Matratzengruft« die bedrohlich »knarrenden Töne der Lazarus-Klapper«. Dennoch markiert Heine mit dem triumphierenden Einzug der Napoleon-Gegnerin Madame de Staël in Paris im Jahre 1814 den Beginn der Restaurationszeit; mit ihm kontrastiert jedoch die hoffnungsvolle Einfahrt des avantgardistischen, die »Interessen der Zeit« öffentlich einfordernden Autors in das »neue Jerusalem« Anfang Mai 1831 als Sinnbild sozialer und politischer Fortschrittlichkeit.

Die Charakterisierung der *Geständnisse* als ironische »Autobiographie« ergab sich aus Heines illusionslosem Zugeständnis, das Genre der »Selbstcharakteristik« als nicht mehr zeitgemäß abzulehnen; darüber hinaus äußert Heine grundsätzliche Zweifel an der Glaubwürdigkeit und Tragfähigkeit von »Bekenntnis«-Schriften. In den *Geständnissen* erzählt Heine seine religiöse Revision der vom Atheismus vertretenen Position, die er als »Schulgeheimnis« der deutschen Philosophie bezeichnet, das er geradezu »ausgeplaudert« habe – als Beispiel aufklärerischer Popularisierung mit meinungsbildenden Tendenzen. Und dann ergänzt er, daß »unsre modernsten Philosophen den vollständigen Atheismus als das letzte Wort unsrer deutschen Philosophie proklamierten«. Ihre Schlußfolgerungen und Konsequenzen führten ihn jedoch nicht zum entschiedenen Atheismus, sondern über die Negation des Deismus zum sozialpolitisch dynamisierten Pantheismus, zur »verborgenen Religion Deutschlands«.

Heines religiöse Revision aus der Perspektive der »Matratzengruft« scheint aber letztlich nicht auf eine radikale und definitive Distanzierung von einem skeptisch-aufgeklärten Pantheismus hinzudeuten. Sie setzt seine sozialpolitische Dynamisierung des Pantheismus als Antizipation des »Dieu progrès« voraus: »Wie nahe ich auch der Gottheit gekommen, so steht mir doch der Himmel noch ziemlich fern.« Von Hegel und seiner Philosophie, deren Anhänger er früher war, weil ihre Schlußfolgerungen und Konsequenzen seiner »Eitelkeit schmeichelten«, distanziert er sich entschieden, wenn er gesteht: »Ich war jung und stolz, und es tat meinem Hochmut wohl, als ich von Hegel erfuhr, daß nicht, wie meine Großmutter meinte, der liebe Gott, der im Himmel residiert, sondern ich selbst hier auf Erden der liebe Gott sei.« Heines scheinbar selbstbezichtigendes Geständnis gerät zu einer Art camouflierten Anklage, die den Gestehenden als Verführten entlasten soll und das Sakrileg zugleich dem Verführer anlastet.

Das ironische Schuldbekenntnis des ehemaligen Hegel-Schülers, der sich schon in *Die Stadt Lucca* vom abstrakten Denken des Philosophen distanzierte, besteht in dem Eingeständnis, »nie ein abstrakter Denker« gewesen zu sein, so daß er die »Gottlosigkeiten« der verklausulierten Philosophie Hegels und ihrer »spinnwebigen Dialektik« ganz und gar nicht durchschaut habe. Die »spinnwebige Berliner Dialektik« sei jedoch keinesfalls so mächtig, daß sie Gottes Existenz aufheben könne –

dafür existiert Heine als lebender Beweis. Da die Religionskritik der theoretischen Vernunft sich nicht als so wirksam erwiesen habe, wie er früher vermutete, nimmt Heine in seinen *Geständnissen* das »unveräußerliche Recht« in Anspruch, das einem »ehrlichen Manne« bleibt, indem er ironisch distanziert gesteht, den damaligen »allgemeinen Wahnsinn« einer »verkehrten Welt« längst als Verfallsphänomen erkannt zu haben.

Wurde Hegel bereits im »Nachwort« zum *Romanzero* als Urheber der Menschenansicht vom »zweibeinigten Gott« bezichtigt, so erzählt Heine mit der Ironie erzwungenen Verzichts, seit seiner unheilbaren Lähmung im Frühjahr 1848 habe sich seine Menschenansicht vom »zweibeinigten Gott« durch den Verlust von Geld und Gesundheit, den beiden unentbehrlichen »Requisiten« jenes Rollenspiels, als illusionär erwiesen. Heines ironische Distanz gegenüber diesem angeblich unfreien Rollenspiel wurde allerdings vor allem durch seine sozialkritische Diagnose ausgelöst, der zufolge »der Atheismus anfing, sehr stark nach Käse, Branntwein und Tabak zu stinken« und darüber hinaus sogar »ein mehr oder minder geheimes Bündnis mit dem schauderhaft nacktesten, ganz feigenblattlosen, kommunen Kommunismus« beschlossen habe. Seinem Publikum versichert Heine nachdrücklich in den *Geständnissen,* daß seine »Scheu« vor dem Atheismus sich ideologiekritisch vom Anti-Kommunismus der Bourgeoisie unterscheide, die »in ihren Ausbeutungsgeschäften gehemmt zu werden« fürchte. Was er als grauenhaft bedrohlich empfand, ist letztlich »die geheime Angst des Künstlers und Gelehrten« vor der Nivellierung der Kunst durch den Kommunismus: »Ganz besonders empfindet der Dichter ein unheimlichen Grauen vor dem Regierungsantritt des täppischen Souveräns.«

Seine Existenzangst als freier Schriftsteller konkretisiert Heine wiederum anekdotenhaft, indem er sich mit Schaudern an die zufällige Begegnung mit dem Kommunisten Wilhelm Weitling erinnert, der sich 1839 am Aufstand der frühsozialistischen Partei von Blanqui beteiligt hatte. Den »wahrhaft philosophisch von der Welt zurückgezogen« lebenden, gleichwohl polemisch geständnisfreudigen Schriftsteller erfaßt vor Wilhelm Weitling als einem Schreckbild der »großen rohen Masse« ein »unheimliches Grauen«, das ihm zugleich zum Anlaß wird, das Publikum auf das revolutionäre Potential des deutschen Handwerker- und Arbeiter-Kommunismus aufmerksam zu machen: Wegen ihrer radikalen Doktrin, zu der insbesondere der »krasseste Atheismus« gehöre, ist »diese Partei zu dieser Stunde unstreitig eine der mächtigsten jenseits des Rheines«. Heines konkrete gesellschafts- und lebensreformerische Entwürfe einer demokratischen Sozial- und Bildungspolitik zielen auf eine fortschrittliche Sozialisation und allseitige »Emanzipation des Volkes«: »Vielleicht wird [das Volk] am Ende noch so gebildet, so geistreich, so witzig sein, wie wir es sind, nämlich wie ich und du, mein teurer Leser.«

Im dritten Abschnitt der *Geständnisse* hat Heine seine religiösen »Variationen« beschrieben, mit denen er die Entscheidung zurückweist, »daß man wählen müsse zwischen der Religion und der Philosophie, zwischen dem geoffenbarten Dogma des Glaubens und der letzten Konsequenz des Denkens, zwischen dem absoluten Bibelgott und dem Atheismus«. Diese »Variationen« erklären sich aus Heines erneuter »Lektüre der Bibel«, die eine »Wiedererweckung des religiösen Gefühls« bewirkt und zu einer »Geistesrevolution« geführt habe: Das »Buch der Bücher« wurde ihm in der Situation der »Matratzengruft« zur »Quelle des Heils«. Die Frage, ob Heines religiöse »Variationen« eine Rehabilitierung des Deismus implizieren, kann nur negativ beantwortet werden. Heines im Ton ironisch gehaltenen *Geständnisse* offenbaren, daß die gegenwärtige sozialpolitische Realität den optimistischen Visionen und Utopien der früheren Deutschland-Schriften nicht entspricht. Heine weigert sich aber entschieden, die wegen der gescheiterten Revolutionen nicht vermeidbare, aber sozial und politisch schädliche Regression des Geschichtsverlaufs zu akzeptieren.

Als zwischen »Weltschmerz«-Erfahrung und utopischen Zukunftsvisionen oszillierender, die »Zerrissenheit« als Signatur der Moderne repräsentierender *Zeitschriftsteller* hat Heine keine religionsphilosophische Position des 18. Jahrhunderts aufgegeben. Es gelang ihm überzeugend, sich so seine geistig-moralische und politische Freiheit, vor allem gegenüber der Tradition des Christentums, zu bewahren. Das wiedererwachte »religiöse Gefühl« widerspricht Heines »demokratischen Prinzipien« nicht, sondern ermöglicht ihm, seine Identitätskrise kurz vor seinem Tod zu überwinden.

Der todkranke Heine sehnte sich in der »Matratzengruft« nach einem tröstenden Gott, mit dem er sich über den Sinn seiner Leiden auseinandersetzen konnte. Daher identifizierte er sich mit dem frommen Hiob des Alten Testaments, der die altjüdische Vergeltungslehre bestreitet, und bekannte demütig seine kreatürliche Unterlegenheit, ohne jedoch auf sein ironisch verstellendes Maskenspiel zu verzichten.

Schätzte Heine am Katholizismus schon in *Die Stadt Lucca* die traditionsreiche Symbolik und am Protestantismus die aus der Gewissensfreiheit erwachsene Geistesfreiheit, so inspiriert ihn in der »Matratzengruft« die emanzipatorische Wirkkraft der Moral und Religion des Judentums, das nun nicht mehr mit Verzicht auf Sinnenfreude und Genuß gleichgesetzt wird. Das Leitbild ist für ihn Moses, der »große Künstler« und Menschenbildner, dem das jüdische Volk als »ein großes, ewiges, heiliges Volk, ein Volk Gottes, das allen andern Völkern als Muster, ja der ganzen Menschheit als Prototyp dienen konnte«. Aufgrund der durch intensive Bibellektüre bewirkten »Geistesrevolution« sieht Heine die Bedeutung des Propheten Moses nun ganz anders: Er stilisiert ihn zu einem Mythos, der durch eine soziale und politische Funktion ausgezeichnet wird, als Gesellschafts- und Lebensreformer, der über die legitime »Moralisation« des Eigentums das Erziehungsideal einer freiheitlichen Gesinnung des jüdischen Volkes anstrebte.

Diese neue Betrachtungsweise des jüdischen Volkes konkretisiert Heine an dessen Freiheitsliebe während der Babylonischen Gefangenschaft, in der sich jene beispielhafte Moralität bewährt habe, die für die Entstehung und Heranbildung der europäischen Zivilisation nach wie vor relevant ist. Wurde das Judentum früher für die Entstehung und Ausbreitung von »Menschenmäkelei« und »Glaubenszwang« kritisiert, so erscheint das jüdische Volk in den *Geständnissen* als Garant für die Hoffnung auf die Heranbildung einer durch Moral und Religion bestimmten Zivilisation nicht nur der europäischen Völker, sondern universell der Menschheit – ein neuer kosmopolitischer Grundzug.

Heine gelingt es auch in der »Matratzengruft«, die aktuelle Zeitsituation restaurativer Tendenzen illusionslos zu durchschauen und mit ironisch-provokativen Interventionen zu attackieren. Mit der »verstellten Stimme« seiner *Geständnisse* möchte Heine sein Publikum irritieren, fragend und rätselnd provozieren. Er macht das Denkgelände sichtbar, das *zwischen* den Parteiprogrammen und Parteiprovinzen liegt. Die von ihm vorgelebte »selbstbewußte Freiheit des Geistes«, ihre Fähigkeit zur »Assoziation der Ideen«, beansprucht aber ein Forum lehrreicher und bedenkenswerter sozialer, politischer und geistig-moralischer Erkenntnisse und Einsichten, Betrachtungen und Bekenntnisse. Mit seiner »neuen Schreibweise« hat Heine immer wieder jene Phrasendämmerung eingeleitet, in die rigide »System«-Zwänge der Parteiprogramme versinken. Auch in seinen *Geständnissen* bleibt Heine ein jüdischer »Außenseiter«, ein frankophiler Unruhestifter, ein desillusionistischer Zeitzeuge, ein gefährdeter moderner Intellektueller des 19. Jahrhunderts. Seine Heimkehr erscheint nicht weniger sozialpolitisch motiviert, als es seine frühere Revolutionsbegeisterung war. Seine Heimkehr bedeutet im Hinblick auf seine kulturkritische Diagnose vom »Ende der Kunstperiode« und als Replik auf Hegels These vom »Vergangenheitscharakter der Kunst« einen neuen Beginn seines beispielhaften Engagements für die allseitige »Emanzipation des Volkes«, die sich durch ihre blickweitende europäische Dimension auszeichnet.

Walter Zimorski

Anmerkungen

MEMOIREN

Entstehung: Kein anderes Werk Heines war lange so geheimnisumwittert wie seine seit den 20er Jahren von ihm selbst immer wieder erwähnten *Memoiren.* Der vergleichsweise bescheidene Text, der dann nach seinem Tode unter diesem Titel erschien, schürte die Vermutungen über eine mögliche Vernichtung von Manuskriptteilen und deren Gründe. Neue Forschungen haben jetzt gezeigt, daß solche Vermutungen allesamt unbegründet sind und letztlich auf eine Mystifikation zurückgehen, die Heine selbst inszeniert hat. Die *Memoiren* waren für ihn von Anfang an auch immer strategisches Material in der Auseinandersetzung mit Familie und Öffentlichkeit. Die allererste Arbeitsphase an autobiographischer Prosa in den 20er Jahren mündet in *Ideen. Das Buch Le Grand.* In den 40er Jahren ist die Rede von einer Autobiographie zunächst im Rahmen der Auseinandersetzung mit Julius Campe um die Gesamtausgabe, und zum ersten Mal spricht man jetzt auch öffentlich über das Memoiren-Projekt Heines, wodurch selbstverständlich der strategische Wert wächst. Konkretes Manuskriptmaterial ist aus dieser Zeit nicht überliefert. Das gilt auch für die Jahre 1844–46, als nach dem Tode des Onkels Salomon Heine der Erbschaftsstreit mit seinem Vetter Carl eskaliert. Jetzt erweist sich der Wert des über die Jahre gepflegten Druckmittels. Heine läßt immer wieder die Memoiren-Pläne durchscheinen, verpflichtet sich in einem

Kompromiß mit Carl Heine aber schließlich, auf die Publikation kompromittierender Texte zu verzichten. In einigen Verbrennungsaktionen in den Jahren 1847 und 1851 vernichtet Heine auf die Familie bezügliches Material, worunter allerdings zunächst Briefe u. ä., nicht aber umfänglichere Memoiren-Manuskripte zu verstehen sind.

Die Niederschrift des heute bekannten Textes erfolgte dann parallel zu den *Geständnissen* um die Jahreswende 1853/54. Teile des *Memoiren*-Textes gingen in den anderen Text über (siehe Entstehung *Geständnisse*). Zwar scheint Heine nach der Entscheidung zur Publikation der *Geständnisse* noch über die Weiterarbeit an den *Memoiren* nachgedacht zu haben, realisieren konnte er solche Pläne aber nicht mehr.

Der Erstdruck verzögerte sich insbesondere wegen der Weigerung Mathilde Heines, den Text freizugeben. Er erfolgte 1884 in der Zeitschrift »Die Gartenlaube«, Nr. 6–17.

5 *Titel:* Der Titel *Memoiren* stammt nicht von Heine. Da das Werk aber einziges greifbares Ergebnis des vom Autor lange gehegten Plans zu seinen Memoiren ist, scheint es gerechtfertigt, diesen Titel darauf anzuwenden.

7 *teure Dame:* Die Anrede findet sich ähnlich in *Ideen. Das Buch Le Grand*. – *Familienrücksichten* … s. o. Entstehung. – *Felonie:* Verrat. Aus der Warnung vor dem Druck von Privatkorrespondenz spricht auch die Angst, durch solche Publikationen den Kompromiß mit der Familie und damit die Versorgung seiner Frau zu gefährden.

8 *Märchen meines Lebens:* Diese Formulierung bereits in *Ideen. Das Buch Le Grand*, Kap. XIX. – *die Hand. – – – –:* Den hier fehlenden Text stellte Heine zu den *Geständnis-*

sen. – *Moritz:* Heine bezieht sich hier auf »Reisen eines Deutschen in Italien in den Jahren 1786–1788« (Berlin 1793) von Karl Philipp Moritz.

10 *ehrwürdigen Geistlichen:* Anspielung auf Heines Lehrer, den Rektor Schallmayer, dem er in den *Geständnissen* ein ausführliches Denkmal gesetzt hat.

11 *Abbé Daulnoi:* Jean Baptiste D. (geb. 1765), emigrierter französischer Geistlicher, war von 1805–1817 Französischlehrer am Düsseldorfer Lyzeum (seit 1814: Gymnasium). *Lyzeum:* Heine trat 1807 in die Vorbereitungsklasse der aus einer ehemaligen Jesuitenschule hervorgegangenen Anstalt ein. 1812/13 besucht er die höchste Klasse. Der genaue Zeitpunkt seines Abgangs ist ungewiß, Durchschnitt waren damals acht Jahre Lyzeum (zwei Jahre Vorbereitungsklasse, je zwei Jahre die drei Hauptklassen), doch gab es viele Sonderregelungen. Auch Lehrplan und Lehrkörper der Schule waren zu der Zeit von Heines Besuch noch wenig stabil und ständigen Veränderungen unterworfen, die z.T. durch die politischen Entwicklungen bedingt waren. – *Er hatte mehrere …:* Daulnoy hatte in der Tat eine ganze Reihe von Schulbüchern veröffentlicht, darunter auch ein »Abrégé des règles de l'art oratoire« und ein »Abrégé des règles de l'art poétique«, das Regeln und Beispiele in dem von Heine zitierten Sinne (»die Kunst, mit Bildern zu malen«) enthält. – *sakkadiert:* frz.: saccadé: abgehackt.

13 *Tochter eines Eisenfabrikanten:* Elise Berg, die Tochter eines Klingenfabrikanten aus Solingen, hatte 1796 Nicolas Jean de Dieu Soult, Brigadegeneral im Heer Napoleons, geheiratet. Er wurde 1807 geadelt und zum Herzog von Dalmatien ernannt. Die Familie lebte von 1815–1820 in Düsseldorf.

14 *Rothschildsche Haus:* Anselm Mayer Rothschild (1773–1855) führte in Frankfurt die Geschäfte. Zu ihm hatte Heines Vater Samson keine engen Geschäftsbeziehungen. Dage-

gen stand er in Verbindung z. B. mit dem Bankhaus Oppenheim in Köln. – *Gewerbskunde bezüglichen Wissenschaften:* 1814/15 besuchte Heine die »Handlungsschule« von Vahrenkampf in Düsseldorf. – *Besuche:* Im September 1815 volontierte Heine bei Geschäftsfreunden des Vaters in Frankfurt. – *Ein berühmter Kaufmann:* Seit Juni 1816 war Heine Volontär im Bankhaus seines Onkels Salomon Heine in Hamburg. Im Mai 1818 eröffnet er dort als Filiale des Düsseldorfer Geschäfts des Vaters eine Manufakturwarenhandlung, die schließen muß, als der Vater 1819 in Konkurs geht.

16 *Jurisprudenz studieren:* Heine studierte vom Wintersemester 1819/20 bis zum Wintersemester 1824/25 in Bonn, Göttingen, Berlin und nochmals Göttingen. Dabei nahm das Jurastudium in der Tat nicht mehr als *drei ... Lebensjahre* in Anspruch. Ebensoviel Zeit widmete er philosophischen und geisteswissenschaftlichen Studien.

17 *die neue Universität Bonn:* Im Oktober 1818 gegründet. – *Mackeldeys und Welkers:* Ferdinand M. (1784–1834) und Karl Theodor W. (1790–1869) waren Juraprofessoren in Bonn. – *fürchterliches Buch:* Diese Kritik am römischen Recht wurde aus dem *Memoiren*-Manuskript in die Druckfassung der *Geständnisse* übernommen.

18 *Meine Mutter:* Betty Heine (1771–1859), geb. van Geldern, war seit dem 1. 2. 1797 mit Samson Heine verheiratet. Wie schon in den *Geständnissen* wird sie von Heine älter gemacht, als sie war. Betty Heine war eine aufgeklärte, tatkräftige Frau. Durch ihre gegen erheblichen Widerstand der jüdischen Gemeinde Düsseldorfs durchgesetzte Heirat hatte sie zusätzliche Selbständigkeit gewonnen, die sich u. a. auch im für jüdische Kinder ungewöhnlichen Lyzeumsbesuch der Söhne ausdrückt. – *Émile:* In Rousseaus »Émile« (1762) wird mehrfach das Stillen der Säuglinge angemahnt. – *eines Bruders:* Joseph Gottschalk van Geldern (1765–1796).

19 *Der Vater meiner Mutter:* Heines Großvater Gottschalk van Geldern (1726–1795) war ebenfalls Arzt, sein Urgroßvater Lazarus genau wie dessen Vater Joseph Jakob Hoffaktor (Finanzverwalter) von Jülich-Berg.

21 *Dietrich Grabbe:* Heine traf mit Grabbe in Berlin 1822 zusammen. Das Verhältnis beider zueinander blieb aber distanziert. – *Biographie:* 1838 erschien im Anhang zur postumen Ausgabe von Grabbes Drama »Die Hermannsschlacht« eine Biographie von Eduard Duller, die zu öffentlichen Diskussionen führte. U.a. wurde behauptet, Grabbes Frau habe den Biographen mit unwahren und bewußt entstellenden Angaben über ihre Schwiegermutter versorgt.

23 *Gothland:* Der Hintergrund der Episode ist folgender: Friedrich Wilhelm Gubitz (1786–1870), Professor für Holzschneidekunst, Journalist und Verleger des jungen Heine, hatte das Manuskript von Grabbes Drama »Herzog Theodor von Gothland« vom Autor erhalten und zur Beurteilung an Heine geschickt. Dieser sandte es am 30.12.1822 an August Varnhagen. – *Bulk:* Mißgeburt.

24 *Simon de Geldern:* (1768–1833); sein Haus, die *Arche Noä,* lag in Düsseldorf in der Mertensgasse.

25 *»Arzt seiner Ehre«, »standhafter Prinz«:* Titel von Dramen von Calderon de la Barca (1600–1681); mit dem Hinweis auf den »Arzt« wird auf Simons Ehelosigkeit, mit dem auf den »Prinzen« auf sein Festhalten am jüdischen Glauben angespielt.

30 *Cartesius:* René Descartes (1596–1650) begründete den modernen Rationalismus; ihm diametral entgegengesetzt waren die drei übrigen hier erwähnten Namen, die alle aus dem Bereich der okkulten Wissenschaften und der Alchemie stammen: Theophrastus Bombastus von Hohenheim, gen. Paracelsus (1493–1541), Johann van Helmont (1577–1644) und Heinrich Cornelius, gen. Agrippa von Nettesheim (1486–1535). – *Chevalier oder*

Morgenländer: Heines Großonkel Simon van Geldern (1720–1788), ein Reisender und Abenteurer. – *alten Muhmen:* Seine beiden Tanten Veronika und Brunella van Geldern hat Heine noch kennengelernt. In dem, was hier als deren Erzählung wiedergegeben wird, mischen sich historische Realität und Legenden.

32 *Oratorium:* Es erschien unter dem Titel »The Israelites on Mount Horeb« 1773 in London. – *Notizenbuch:* Ein Notizbuch Simon van Gelderns, allerdings in Hebräisch, hat sich erhalten. Der von Heine zitierte Vers stammt aus einem französischen Drama des 18. Jh. (»Wo die Unschuld verdirbt, ist Leben ein Versprechen.«)

33 *Ritter Hüon:* Anspielung auf eine Episode aus Wielands »Oberon«.

34 *Idiosynkrasie:* Eigenheit, Empfindlichkeit.

35 *die Schrift sagt:* Vgl. Jeremia 31, 29 und Ezechiel 18, 2.

37 *Mein seliger Vater:* Samson Heine (1764–1828) stammte aus einer wohlhabenden, strenggläubigen Familie in Hannover. Sein Vater Heymann Heine war Händler. Später scheint die Familie verarmt zu sein, denn als Samson 1796 nach Düsseldorf kam, besaß er nicht viel, was zur Ablehnung seines Heiratsgesuches durch die jüdische Gemeinde Düsseldorfs führte. – *Franziskanerschule:* Heine besuchte diese Normalschule von 1804 bis 1807. Sie war im selben Gebäude wie das Lyzeum untergebracht, und er selbst unterscheidet z. B. in den *Reisebildern* nicht deutlich zwischen beiden Instituten.

39 *Pater Dickerscheit:* Bernhard D. war seit 1804 an der Normalschule angestellt, entzog sich dann 1817 durch die Flucht der Bestrafung wegen Unzucht mit seinen Schülern. – *Meine Großmutter väterlicherseits:* Marthe Eva Popert (gest. 1794) war Heymann Heines zweite Frau. Von ihren sechs Söhnen machten sich Isaak als Bankier in Bordeaux und besonders Salomon als Bankier in Hamburg einen Namen. Salomon (1767–1844) erwarb

ein sehr großes Vermögen und bestimmte als Oberhaupt der Großfamilie auch den Lebensweg seines Neffen entscheidend mit.

42 *Seine Kinder:* Salomon und seine Frau Betty hatten sechs Kinder, von denen damals noch Carl (1810–1865) und Therese, verh. Halle (1807–1880) lebten. – *eine seltene Erscheinung mit – – –*: Hier hat Heine ein Stück Text entfernt und vernichtet.

43 *Watteau:* Antoine W. (1684–1721), Maler des Rokoko.

44 *Chignon:* Haarknoten.

45 *Brummels:* George B. (1778–1840), der Urtyp des Dandy. – *König von Hannover:* Ernst August (1771–1851) trat dieses Amt 1837 an.

46 *Bürgergarden:* Sie wurden 1806 von den Franzosen geschaffen und hatten polizeiliche Aufgaben, übernahmen aber zugleich die Funktionen der alten Schützenbruderschaften, deren Einfluß so ausgeschaltet wurde. Samson brachte es bis zum Unterleutnant, dem untersten Offiziersdienstgrad. Die Mitgliedschaft in der Bürgermiliz war für ihn aber vor allem eine Chance zur sozialen Integration in Düsseldorf.

47 *an unserem Hause:* Die Familie Heine wohnte zunächst im hinteren Teil des Hauses; dort wurde Heinrich Heine geboren.

49 *Lampsakus:* Dieser griechische Ortsname muß auf eine Verwechslung Heines zurückgehen, da er nichts mit Thales oder anderen griechischen Philosophen zu tun hat.

50 *Toskana:* Die Region mit der besten Aussprache in Italien. – *Kobes, Marizzebill:* Jakob, Maria Sibylle; *klüngelt* bedeutet soviel wie: ein Verhältnis haben. – *Affen für den Ahnherrn:* Diese These gab es auch bereits vor Darwin, den Heine noch nicht kennen konnte, z. B. bei Linné.

55 *Un rien:* Ein Nichts. – *den alten Cherubini:* Die Anekdote wurde in Paris erzählt. Napoleon wollte so offenbar sein Mißfallen über die Musik Cherubinis ausdrücken.

56 *Rossini:* Gioacchino R. (1792–1868) war für Heine der Inbegriff italienischer Musik. – *Belgiojoso:* Auf dem Landsitz der Fürstin Belgiojoso war Heine dem Komponisten Vincenzo Bellini (1801–1835) begegnet.

57 *Coq-à-l'âne:* frz.: Unsinn.

58 *Dietrich:* Dietrich Monten (1799–1843), Heines Schulfreund, besuchte die Düsseldorfer und Münchner Akademie. – *Franz:* Franz von Zuccalmaglio (1800–1873), ebenfalls Schulfreund Heines, später literarisch interessierter Jurist. – *»Haluten«:* Vermutlich von »Halunken« hergeleitet. – *Flader, Rörsch:* Nachbarsfamilien der Heines in Düsseldorf.

59 *Armenpfleger:* Die Versorgung der Armen erfolgte in Düsseldorf aus Fonds, in die Stiftungsgelder und Zahlungen der Bürger einflossen. Sie wurden von den Bürgern, geordnet nach Stadtteilen, selbst verwaltet. Die Auszahlung der Unterstützung war Aufgabe von auf Zeit gewählten Armenpflegern.

64 *Fettmännchen:* Kupfermünze, so benannt nach dem Bild des dicken Kurfürsten Karl Theodor.

66 *Arkana:* Zaubertränke, Wundermittel. Für die folgende Darstellung benutzte Heine verschiedene Quellen, insbesondere das Werk von Dobeneck und »Das Kloster«, die ihm noch von der Abfassung des Dr. Faustus geläufig waren.

67 *Benautigkeit:* norddt.: Beklommenheit. – *Laxarium:* Abführmittel, vgl. die Glaubersalz-Episode in *Die Bäder von Lucca.* – *»Othello«:* I, 3.

70 *eine Nichte:* Heines Beschreibung paßt weitgehend auf eine Josepha Edel (geb. 1801), die einer Scharfrichterfamilie in Bilk bei Düsseldorf entstammt und die Nichte des letzten noch aktiven Scharfrichters war. Nicht die Großmutter, sondern ihre Mutter war aus Sonsbeck bei Goch gebürtig, also eine *Göchin.* – *Quarteronen:* Mischlinge aus Weißen und Mulatten.

71 *Töchtern der Niobe:* Vgl. »Ilias«, XXIV, 600 ff.

72 *keiner der vorhandenen Volksliedersammlungen:* Hier legt Heine eine falsche Spur, da er sicher aus einer schriftlichen Quelle zitierte und diese dann eigenständig weiterentwickelt. »Odilia«-Lieder waren in den Sammlungen der Zeit häufig.

73 *»Freihaus«:* Das Haus des Scharfrichters stand abseits der Siedlungen, da er als unehrlich galt.

75 *Schlacht bei Poitiers:* Sieg der Engländer im 100jährigen Krieg 1356; »moult tristement« heißt: »Sehr traurig«.

81 *Reputation der größten tragischen Künstlerin:* Anspielung auf Rachel Félix (1820–1858), die berühmte Tragödin, deren Stern damals im Sinken begriffen war. – *Inamorata:* ital.: Geliebte.

GESTÄNDNISSE

Entstehung: Als der langgehegte Plan einer Neuauflage von *De l'Allemagne,* der französischsprachigen und für ein französisches Publikum bearbeiteten Version der beiden Deutschland-Schriften *Zur Geschichte der Religion und Philosophie* sowie *Die Romantische Schule,* endlich eine Aussicht auf Realisierung erhielt, entschloß Heine sich, den französischen Lesern mit einem neuen Einführungstext den Zugang zu einer solchen Neuauflage des Textes von 1835 zu erleichtern. In der Brechung der veränderten politischen, aber auch persönlich-biographischen Situation des Autors sollte die über den Tag hinausweisende Bedeutung des beinahe zwanzig Jahre alten Textes aufscheinen. Heine erhielt so zugleich Gelegenheit, Wandlung und Kontinuität seines Denkens zu demonstrieren und den Bogen zu spannen von Napoleon I. zum

Zweiten Kaiserreich und Napoleon III. Als um die Jahreswende 1852/53 die Voraussetzungen einer französischen Gesamtausgabe in dem Verlag Lévy-Frères geschaffen waren, entstand der erste Entwurf für die *Geständnisse.* Heine greift dafür zurück auf die *Briefe über Deutschland.* Ein Jahr später, zwischen Herbst 1853 und Frühjahr 1854, wird diese erste Fassung ausgearbeitet. Es entsteht ein Manuskript, das mit *Bekenntnisse. Eine Ergänzung meines Buches »De l'Allemagne«* überschrieben ist. Dem Verleger Campe wird im Februar 1854 ein solcher Text für den Abdruck in den *Vermischten Schriften* angekündigt. Schließlich greift Heine zur Abrundung des Textes auf ein anderes autobiographisches Projekt zurück, über das er seit langem nachdenkt, dessen Ausarbeitung aber parallel zur Entstehung der *Geständnisse* erfolgte, die *Memoiren.* Im Februar/März 1854 übernimmt er einen Teil des bis dahin entworfenen *Memoiren*-Textes als Abschluß der *Geständnisse.*

Am 9. März schickt Heine das Manuskript zusammen mit den anderen Teilen des 1. Bandes der *Vermischten Schriften* an den Verleger. Erst am 11. Oktober erfolgt die Auslieferung des Bandes, u. a. weil Campe aus kaufmännischen Gründen zusammen mit den Bänden 2 und 3, die *Lutezia* enthalten, ausliefern wollte.

Diese Verzögerung hatte für Heine äußerst unangenehme Folgen. Drei Wochen vor Erscheinen der deutschen Buchausgabe publizierte die »Revue des deux Mondes« mit Heines Wissen eine verkürzte französische Version der *Geständnisse,* die dann wiederum vom 21. bis 26. September als unautorisierte Rückübersetzung in der Augsburger »Allgemeinen Zeitung« gedruckt wurde, versehen mit hämischen und böswilligen Kommentaren.

Die Aufnahme des Textes in der deutschen Öffentlichkeit ist auch sonst eher unwillig bis verständnislos.

85 *Titel:* Heine hatte zunächst *Bekenntnisse* geschrieben (frz.: *Confessions*) und sich damit näher an den kritisierten Rousseau (s. u.) gerückt. Der Titelwechsel zum bedeutungsähnlichen *Geständnisse* (frz.: *Aveux*) soll vielleicht andeuten, daß der Text keinen negativ besetzten Enthüllungscharakter hat.

87 *Lücken unsrer Preßgesetzgebung:* Rückübersetzungen, wie im Fall von Heines zuerst französisch erschienenem *Die Götter im Exil,* auf den er sich hier bezieht, waren nicht geschützt. Mit dem französischen Vorabdruck aus den *Geständnissen* erging es ihm dann nicht anders (s. o. Entstehung). – *in die Krümpe gegangen:* rheinisch für: im Abnehmen begriffen.

88 *dieser Gauner:* Anspielung auf den zunächst mit Heine befreundeten Schriftsteller Alexandre Weill (1811–1899). – *Leporello:* Diener des Don Juan, der die Geliebten seines Herren aufgelistet hat. In Mozarts Oper singt er die »Registerarie« mit dem Vers: »Aber in Spanien tausend und drei.« – *Industrieritter:* Hier und im folgenden Anspielung auf Ferdinand Friedland, der Heine unprofitable Aktien für eine Gasbeleuchtungsgesellschaft verkauft hatte.

91 *geistreicher Franzose:* Der Journalist Blaze de Bury (1813–1888) hatte Heine in einem Artikel *romantique défroqué* (entlaufener Romantiker) genannt. – *Feldzüge gegen die Romantik:* In der *Romantischen Schule.* – *sang ein Lied:* Anspielung auf *Atta Troll,* das Heine als das *letzte / Freie Waldlied der Romantik* bezeichnet (Cap. 27).

92 *Augustin:* Anspielung auf dessen »Confessiones«. – *Grimm:* Melchior G. (1723–1807), Journalist in Paris, der die bedeutenden »Correspondances littéraires« herausgab. – *Band gestohlen:* Rousseau erzählt diese Episode in den »Confessions«. – *Bär der Eremitage:* So nennt er sich selbst

in den »Confessions«. – *Kinder nicht ins Findelhaus:* Auch diese vieldiskutierte Episode schildert Rousseau in seinem Lebensbericht.

94 *afrikanischen Reisebeschreibung:* Der englische Expeditionsbericht von Thomas E. Bowdich wurde verschiedentlich ins Deutsche übersetzt. Die Anekdote findet sich so dort nicht.

95 *denselben Titel:* »De l'Allemagne« von Germaine de Staël-Holstein (1766–1817) war 1810 fertig ausgedruckt, konnte im Frankreich Napoleons jedoch nicht mehr erscheinen. Das Buch wurde dann wieder 1813 in London, nach der Niederlage Napoleons 1814 auch in Frankreich gedruckt und verbreitete sich schnell. Es spiegelt ein französisches Deutschland-Bild, das in Teilen bis heute wirksam ist.

97 *Zur Zeit wo Napoleon…:* Die Anekdoten über de Staël und Napoleon entnahm Heine der Memoiren-Literatur um Napoleon, wie z. B. die Berichte des Las Cases oder O'Meara. – *Huissier:* frz.: Türhüter, Wache.

98 *Polizei den Laufpaß:* Frau de Staël wurde 1803 aus Paris ausgewiesen und kehrte erst 1814 dorthin zurück. – *nach Deutschland:* Die erste Deutschland-Reise erfolgt 1803/04. – *August Wilhelm Schlegel:* (1767–1845). Heine charakterisiert seinen früheren Lehrer ausführlich in der *Romantischen Schule.*

99 *großen Turban:* Einen solchen trug Frau de Staël tatsächlich. – *Rustan:* Ägyptischer Kammerdiener Napoleons. – *Pichler…:* Während Caroline Pichler (1769–1843) und Bettina von Arnim (1785–1859) über ihr persönliches Zusammentreffen mit de Staël schreiben, äußert sich Rahel Varnhagen (1771–1833) lediglich über ihre Eindrücke nach der Lektüre des Buches. In Eckermanns Gesprächen mit Goethe kommt de Staël nur am Rande vor, während sie in Goethes »Annalen« ausführlich gewürdigt wird.

100 *Philosophen wie verschiedene Eissorten:* Über die äußerst oberflächlichen und kuriosen Interviews der de Staël

berichten mehrere zeitgenössische Quellen. – *Bouterwek:* Anspielung auf Friedrich B. (1766–1828), Ästhetikprofessor in Göttingen.

101 *Prix Montyon:* Ein vom Baron Montyon 1819 gestifteter »Tugendpreis«. – *Hahn-Hahn:* Die konvertierte Schriftstellerin Ida Gräfin H.-H. (1805–1880) verlor die Sehkraft eines Auges angeblich durch einen ärztlichen Kunstfehler, was öffentlich diskutiert wurde.

103 *der selige Schiller:* Er schreibt am 4. Januar 1804 an seinen Freund Körner, er habe mit de Staël »wirklich harte Stunden«.

104 *Seele aller … Intrigen:* Polemische, historisch nicht zutreffende Darstellung. Der Einfluß der Madame de Staël war eher gering. – *zog … siegreich ein in Paris:* Sechs Wochen nach Napoleons Abdankung kehrt de Staël am 12. Mai 1814 nach Paris zurück. – *einigen hunderttausend Deutschen:* Anspielung auf die deutschen Soldaten im Heer der Koalition.

105 *Blücher:* Gebhardt Leberecht Fürst v. B. (1742–1819), preußischer Generalfeldmarschall, bekannt für seine rüde soldatische Art. – *Werner:* Zacharias W. (1768–1823) hatte de Staël 1808 in Coppet besucht. Er lebte danach in Paris und war 1814 zum katholisch-religiösen Schwarmgeist geworden. – *Görres, Jahn und Ernst Moritz Arndt:* Joseph G. (1776–1848), Friedrich Ludwig J. (1778–1852) und A. (1769–1860) hatten sich zwar in den Befreiungskriegen vor allem publizistisch engagiert, waren jedoch nicht 1814 nach Paris gezogen. Lediglich Jahn hatte sich 1815 dort aufgehalten und demonstrativ an der Demontage von Napoleons Siegeswagen vom Triumphbogen beteiligt. – *Patriot Börne:* Von Ludwig Börne (1786–1837) erschien 1837 die Schrift »Menzel, der Franzosenfresser«; vgl. Heines *Ludwig Börne. Eine Denkschrift.* – *Menzel:* Wolfgang M. (1798–1873), der ehemalige konservative Literaturpapst, hatte seit seinem Ausscheiden aus der Leitung des

»Literaturblattes« an Einfluß verloren. – *Friedrich von Schlegel:* (1772–1829). Über ihn, seine Eheverhältnisse und Eßgewohnheiten macht Heine sich bereits in der *Romantischen Schule* lustig. Er befand sich, genau wie seine Frau Dorothea (1763–1829), 1814 nicht in Paris, sondern in Wien. – *deutscher Baron:* Anspielung auf den Orientalisten und Journalisten Friedrich von Eckstein (1790–1861). Seine Familie war jüdischer Herkunft, doch waren die Eltern bereits zum Protestantismus konvertiert. Eckstein trat 1812 zum Katholizismus über. Sein bourbonisch ausgerichtetes Blatt »Le Catholique« existierte von 1826 bis 1830.

106 *Douairièren:* frz.: Witwen von Stand. – *Buddha:* Die folgende Karikatur Ecksteins enthält Hinweise auf verschiedene indische Mythen und Texte, die von den Romantikern für Europa entdeckt, z. T. aus dem Sanskrit übersetzt und auch von Heine rezipiert wurden. Die Ableitung der katholischen Trinitätslehre aus diesen Mythen wie auch aus der *snorrischen Edda,* wie sie z. B. in »Le Catholique« versucht wurde, dient Heine hier zugleich zur ideologischen Kritik der Indien-Begeisterung.

107 *Manetho, Berosus und Sanchuniathon:* Orientalische Geschichtsschreiber aus vorchristlicher Zeit. Solche Bemerkungen Jenkinsons finden sich in der Tat verschiedentlich im Roman »The Vicar of Wakefield« von Oliver Goldsmith. – *Fouqué:* Der Dramatiker Friedrich de la Motte-Fouqué (1777–1843) war selbstverständlich auch nicht nach Paris gezogen, hatte sich aber, wie die vorher genannten Personen, im Befreiungskrieg engagiert. Der Vergleich mit Don Quichotte spielt an auf die ritter-romantische Ausrichtung seiner Bücher. – *Chateaubriand:* Auguste de Ch. (1768–1848), Vertreter der katholisch-romantischen Restauration im nach-napoleonischen Frankreich. Sein »Itinéraire de Paris à Jérusalem«, auf das Heine anspielt, erschien 1811.

108 *point d'argent, point de Suisses:* Das sprichwörtliche: »Kein Geld, keine Schweizer!« geht zurück auf die Schweizer Söldner. – *geboren im letzten Jahr des vorigen Jahrhunderts:* Heine selbst gibt sein Geburtsjahr verschiedentlich mit 1799 an. Heute geht man allgemein von 1797 aus, was aufgrund fehlender Quellen nicht mit letzter Sicherheit entschieden werden kann. – *Als die Pfalz dem Hause…:* Napoleon übertrug das Großherzogtum dem minderjährigen Napoléon-Louis (1804–1831), einem Sohn seines dritten Bruders, der von 1806 bis 1810 als König von Holland regierte und seit 1802 mit Napoleons Stieftochter Hortense de Beauharnais verheiratet war.

109 *von den Preußen okkupiert:* Düsseldorf und das Großherzogtum wurden im November 1813 von den Truppen der Alliierten besetzt. Erst nach dem Wiener Kongreß von 1815 fiel Berg an Preußen.

110 *schwarzer Geier:* Anspielung auf das preußische Wappentier und den Prometheus-Mythos.

111 *En avant marchons, Lafayette aux cheveux blancs:* Laßt uns losmarschieren, Lafayette mit den weißen Haaren. – *Den 1. Mai 1831:* Heine rundet hier aus optischen Gründen ab. Er verließ am 1. Mai Hamburg und gelangte über Frankfurt am 19. Mai nach Paris. – *Grammatik von Meidinger:* Populäre französische Sprachlehre.

112 *Coucouführer:* Begleiter öffentlicher Pferdewagen, die das damals noch selbständige St. Denis mit Paris verbanden. – *Coco-Verkäufer:* Verkäufer von Lakritzwasser. – *dans des cas…:* In solchen Fällen kommt es nur auf den ersten Schritt an.

113 *Sauerkraut… Klopstock:* Das Sauerkraut und der Dichter Friedrich Gottlieb K. (1724–1803), für Heine Inkarnation der Langeweile, sind Stereotypen seiner Deutschen-Charakteristik.

114 *Sensitive:* Mimose.

115 *Arnal…:* Etienne Arnal, Hugues Bouffé, Pauline Déjazet,

Jean Gaspard Debureau und Charles Odry waren Schauspieler, die vor allem in komischen Rollen glänzten. Marguerite Georges Weymer dagegen war Anfang der 30er Jahre eine bewunderte Tragödin. – *Marmite im Invalidenpalaste:* Ein großer Kessel in der Küche des Hotel des Invalides. – *Nekropolis des Luxemburg:* Im Palais de Luxembourg fanden die Sitzungen der Pairs-Kammer statt, der noch viele Anhänger der Restauration angehörten. – *Jardin-des-Plantes:* Der Zoo von Paris, wo seit 1827 als Sensation eine Giraffe zu sehen war.

116 *königliche Bibliothek:* Ausführlich schildert Heine den Medaillen-Diebstahl in den *Französischen Zuständen.* – *Zodiakus von Dhontera:* 1820 von den Franzosen aus Oberägypten nach Paris geschafftes Deckenbild, das sich später als unbedeutend herausstellte. Es galt damals als sehr alt. – *Madame Récamier:* Julie R. (1777–1849), berühmte Salondame des Empire, seit 1812 mit Pierre-Simon Ballanche (1776–1847), einem konservativen Sozialtheoretiker, befreundet. – *grande Chaumière:* Bekanntes Tanzlokal, damals im Besitz des Père Lahir. – *bougrement en colère:* frz.: verflixt zornig. – *weißen Tugendwesten:* Im Gefolge der Julirevolution von 1830 kam die Kleidung von um 1789 wieder in Mode. – *ähnlichen Lokal:* Es hieß nach dem Besitzer Mabille. – *Rosière:* Tugendhaftes Mädchen, das mit einer Rose ausgezeichnet wurde.

117 *Victor Bohain:* (1805–1856). Heines enthusiastische Schilderung der Persönlichkeit und der Freigebigkeit Bohains wird durch andere Quellen bestätigt. Sein Vermögen hatte er vor der Julirevolution als Besitzer der Zeitung »Le Figaro« gemacht. Trotz der berühmtesten Mitarbeiter war »Europe littéraire« aufgrund der hohen Kosten nach nicht einmal einem Jahr im August 1833 bankrott.

118 *Marco Paulo:* Der berühmte Reisende trug wegen seines Reichtums den Namen »Messer Marco Milioni« und wurde tatsächlich zunächst als Aufschneider verspottet.

120 *Gemälde von David:* »Léonidas aux Thermopyles« von Jacques-Louis D. (1748–1825). – *Chaussée d'Antin ...:* Hier lagen die Redaktionsräume der »Europe littéraire« – *Aufsätze:* Von Heine erschien eine Artikelserie zur deutschen Literatur, auf denen dann später *Die Romantische Schule* aufbaut.

124 *Ein großer Demokrat ... beehrt hätte.:* Heine zitiert sich hier selbst aus *Ludwig Börne.*

125 *Jasmin:* Jacques J. (1798–1864), Friseur und bekannter Dialektdichter. – *Weitling:* Wilhelm W. (1808–1871), Schneider und sozialistischer Programmatiker. Sein »Die Menschheit, wie sie ist und wie sie sein sollte« (1838) wurde zur Programmschrift des »Bundes der Gerechten« in Paris, wo Weitling sich seit 1836 aufhielt. 1839 wurde er aus Frankreich ausgewiesen, war in der Schweiz und in Preußen zeitweise inhaftiert und ging dann über London nach Amerika. Heine traf mit ihm im August 1844 in Hamburg zusammen, als Weitling seinen Gedichtband »Kerkerpoesien« Campe anbot.

127 *sein Buch:* Es trug den Titel »Garantien der Harmonie und der Freiheit« (1842) und stand in Heines Bibliothek. – *wie Polonius sagen würde:* Vgl. »Hamlet« II, 2.

129 *Heinrich Beer:* Heinrich (1794–1842), Bruder von Michael *(Tragödiendichter),* Wilhelm *(Sterngucker)* und Johannes Beer (genannt Meyerbeer; *musikalisches Genie*), war tatsächlich persönlich mit Hegel bekannt. Er galt zu Unrecht als geistesgestört; seine Sammelleidenschaft ist bezeugt.

130 *zweiundzwanzigjähriger junger Mensch:* Heine traf Hegel im Salon der Rahel Varnhagen 1821 in Berlin. Die ›Sternen-Anekdote‹ gehört zum Gedankenumkreis von Hegels »Enzyklopädie«, Heine kann sie aber nur durch mündliche Quellen, möglicherweise tatsächlich vom Philosophen selbst kennengelernt haben.

133 *fabelhaften Schauspielen:* Die europäischen Revolutionen

vom Februar/März 1848. – *Die Letzten …:* vgl. Matth. 20, 16. Heines Beurteilung der 1848-Revolution verschlechterte sich mit zunehmendem Abstand.

135 *Tirer le diable par la queue:* Sprichwort mit dem Sinn: trotz schwerer Arbeit kein Auskommen haben. – *mein Manuskript über die Hegelsche Philosophie:* Es ist davon auszugehen, daß Heine ein solches Manuskript, in dem er sich vor allem mit Hegels Geschichtsphilosophie beschäftigt hatte, tatsächlich 1849/50 verbrannt hat.

136 *jüngst betrübsamlichst erfahren:* Anspielung auf einen unautorisierten Nachdruck der französischen *Reisebilder*-Ausgabe. – *als ein besonderes Buch: Zur Geschichte der Religion und Philosophie in Deutschland* erschien zuerst 1835 im 2. Band des *Salon.* Für die 2. Auflage dieses Bandes von 1852 schrieb Heine eine *Vorrede,* aus der er im folgenden zitiert.

140 *Fußangeln und Selbstschüsse:* Der folgende Textteil bis zum Ende gehörte ursprünglich zum Komplex der *Memoiren* (s. o. Entstehung). – *Onkel Tom:* Harriet Beecher-Stowes Roman »Uncle Toms Cabin« von 1852 war im selben Jahr übersetzt worden.

141 *Ok, König von Basan:* Vgl. 5. Mose, Kap. 3. – *der römische Dichter:* Anspielung auf Horaz »Oden« III, 30. – *der Sohn Amrams:* Vgl. Exodus 6, 20.

143 *Paris vaut bien …:* »Paris ist wohl eine Messe wert!« soll Henri IV. bei seiner zweiten Konversion zum Katholizismus gesagt haben.

144 *Berlin vaut bien …:* »Berlin ist wohl eine Predigt wert!« – *Früherhin …:* Heine bezieht sich auf seine Darstellung in *Zur Geschichte der Religion und Philosophie in Deutschland.*

145 *Reuchlinus:* Johannes Reuchlin (1455–1522) studierte die hebräischen Quellen im Original. Darüber kam es zu einem Streit mit der Kölner Universität, die die gesamte jüdische Literatur verbieten wollte. Jakob von Hoogstraeten, Verfasser der berüchtigten »Dunkelmännerbriefe«

und päpstlicher Inquisitor, stellte sich dabei ebenfalls gegen Reuchlin.

146 *Deicide:* Gottesmörder. – *Die blutige Parodie ...:* Die Episode konnte Heine aus Victor Hugos Roman »Bug-Jargal« von 1824 kennen.

147 *Bibelgesellschaft:* 1804 wurde die »British and Foreign Bible Society« gegründet, die sich zum Ziel setzte, die Bibel möglichst billig anzubieten.

148 *Cant:* Sowohl im Sinne von »Jargon« als auch von »Scheinheiligkeit« zu verstehen.

150 *Nur ein Volk ... herrschend ist.:* Übernahme aus den *Memoiren.* – *»die beiden Völker der Sittlichkeit«:* Selbstzitat aus Shakespeares *Mädchen und Frauen.* – *Die mosaische Gesetzgebung:* Heine benutzte für diese Abschnitte das Werk »Mosaisches Recht« von Johann David Michaelis (2. Auflage 1785), das in seiner Bibliothek stand.

151 *Mosche Rabenu:* hebr.: O Moses, unser Lehrer!

153 *meine Ehe:* Am 31.8.1841 heiratet Heine zunächst staatlich, dann auch nach katholischem Ritus in der Kirche St. Sulpice.

156 *O, le beau billet ...:* Dieser Ausruf wird Ninon Lenclos (1616–1706) zugesprochen, die sich damit bei jeder neuen Liaison an den Brief erinnerte, in dem sie ihrem Liebhaber La Châtre ewige Treue geschworen hatte. – *ogre de Rome:* Menschenfresser von Rom. Der »ogre« ist eine Figur aus dem Märchen.

160 *die größten Männer der Revolution:* Die Revolutionäre Maximilian Robespierre und Camille Desmoulins waren Schüler des Pariser Jesuitenkollegs Louis-le-Grand gewesen. – *Arme Väter ...:* In der Schweiz waren die Jesuiten 1848 verboten worden, in Preußen wurden sie seit 1852 zunehmend schikaniert.

161 *Schallmayer:* Ägidius Jakob S. (1757–1817) war seit 1813 Rektor des Lyzeums, das Heine von 1808 bis 1814 besucht hat, und der Familie Heine freundschaftlich verbunden. –

Tale Josaphat: Nach Joel 4, 12 Ort des Jüngsten Gerichts.

162 *einer meiner Öhme:* Joseph Gottschalk van Geldern, der Bruder von Heines Mutter, hat 1786/87 in Bonn studiert.

163 *Akademie der Arkadier:* Eine rein literarisch orientierte Akademie in Rom, gegründet 1690.

164 *Horaz Vernet:* Vgl. die Beschreibung desselben Bildes »Papst Leo XII. wird durch den St.-Peters-Dom in Rom getragen« in *Französische Maler.*

165 *falschen Bescheidenheit, welche die Lumpen erfunden:* Vgl. Goethes Gedicht »Rechenschaft«: »Nur die Lumpe sind bescheiden ...«. – *Kollege Wolfgang Goethe:* In den »Venezianischen Epigrammen« 34b heißt es: »Doch was fördert es mich, daß auch sogar der Chinese / Malet, mit ängstlicher Hand, Werthern und Lotten auf Glas?« – *Als ich mich vor etwa zwölf Jahren ...:* Die Episode ist verbürgt, und die von Heine hier erwähnten Personen sind tatsächlich in diesem Kontext an ihn herangetreten. Die erwähnte Kritik der japanischen Übersetzung ist allerdings bislang ebensowenig gefunden wie die Übersetzung selbst.

166 *Julien und Paultier:* Pariser Sinologen. – *Narr des Glücks:* »Romeo und Julia« III, 1. – *Tisane:* Kräutertee. – *spanische Fliege:* Pflaster zum Schröpfen.

167 *der Spott Gottes:* Hier und im Schlußabschnitt bezieht Heine drei verschiedene Figuren auf seine Existenz als lebender und doch zugleich toter Dichter in der Matratzengruft: den von Gott gedemütigten Hiob, den leidenden Lazarus und den sterbenden Aristophanes, dessen Kritik- und Spottlust aber ungebrochen ist. In der Figur des Wandermönches fließen sie zusammen.

168 *Limburger Chronik:* Im Zuge der Vorarbeiten zum *Rabbi von Bacherach* lernte Heine in der Bonner Bibliothek eine solche Chronik von 1720 kennen (»Fasti Limpurgenses«). Darin wird die Anekdote über einen aussätzigen, dichtenden Barfüßermönch mitgeteilt.

169 *es gibt nichts Neues unter der Sonne:* Prediger 1, 9.

Inhalt

Herrn Dr. Gerd Heinemann, dem Heinrich-Heine-Institut in Düsseldorf und allen Archiven, die freundlicherweise Bilder zur Verfügung stellten, sei an dieser Stelle herzlich gedankt.